홍사임 소설집

늦은 장마

늦은 장마

홍사임 소설집

1판 1쇄 인쇄/ 2022년 10월 10일
1판 1쇄 발행/ 2022년 10월 15일

지은이 / 홍사임
펴낸이 / 우희정
펴낸곳 / 도서출판 소소리

등록 / 제300-2007-21호
주소 03073 서울 종로구 성균관로5길 39-16
전화 / 765-5663, 010-4265-5663
e-mail: sosori39@hanmail.net
www.sosori.net

값 14,000원

*잘못된 책은 바꿔드립니다.

ISBN 979-11-5891-174-4   03810

늦은 장마

홍사임 소설집

책을 내면서

이카로스의 날개를 생각하며

동쪽 하늘에 떠오르는 아침 해는 유난히 찬란하다.

산수(傘壽)에 글맥을 찾아 밤새도록 고뇌하고 씨름하다 보면 에너지가 소진되고 지친다.

소설은 엉덩이로 쓴다는 말이 맞는 거 같다.

내가 글을 쓰기 시작한 것은 60평생의 고된 삶을 떨쳐버리고 70이 되어 오롯이 내 생활을 찾기 시작하고부터다.

70고개에 들어선 어느 가을날 안개처럼 피어오르는 생각들을 백지 위에 써내려가기 시작했다. 그동안 내 안에 웅크리고 있는 작은 상처의 쓰린 영혼을 향해 위로하고 다독이며 소통을 하다 보니 추억은 모두 그리움뿐이다.

나는 75세에 『문학시대』에 수필로 등단하고 시들어가는 내 영혼을 살리기 위해 무엇을 쓸 것인가 고민하며 한 발 한 발 내딛으며 용기를 내어 희수에 겨우 수필집 『고갯마루에 올라』

를 내놓았다. 79세의 10월 어느 날 산에 올랐다가 심장마비(심정지)를 일으켜 병원에서 심장에 쌍줄박동기를 달고 새 생명을 얻었다. 내가 만났던 죽음의 위기에서 깨달은 사실은 한 번뿐인 삶에서 늦게나마 글쓰기를 한 일은 정말 잘한 일이라고 스스로에게 칭찬하고 싶다. 인생의 봄, 여름, 가을을 지나 겨울철에 접어든 나이에 글을 쓴다는 것은 철저하게 자기 자신으로 돌아와 생명의 빛으로 나아가기 위한 길이며 자아를 찾아가는 일이기도 하다.

  삶이란 경쟁사회에서 욕망이란 인간의 병리적 현상을 벗어날 방법은 과연 무엇인가를 화두로 던지며 『늦은 장마』를 선택했다. 이카로스의 날개를 생각하며 소확행(小確幸)을 되돌아본다.

2022년 여름을 보내며
저자 홍사임

▷ 차 례

▷ 책을 내면서

두 남자 ─ · 11
초상화 ─ · 33
달콤한 꿈 ─ · 57
늦은 장마 ─ · 79
다시 찾은 일상 ─ · 101
웨딩마치 ─ · 135

책 끝에

두 남자

김태호는 오늘도 배봉산을 찾았다.

봄이 무르익어가는 5월의 배봉산은 아까시 꽃향기가 진동한다.

김태호는 아침밥을 먹고 나면 거의 습관적으로 배봉산을 산책한다. 배봉산은 고작 110m의 야트막한 동산으로 근린공원으로 지정되어 있다. 산책로는 약 2㎞로 30분 정도 가볍게 걸을 수 있고 산을 한 바퀴 도는 둘레길은 4.5㎞의 무장애 데크길로 대략 1시간 정도 소요된다.

정상(전망대)까지는 둘레길로 가지 않고 배봉산 체력단련장 옆 계단길로 발걸음을 옮기면 30분이면 충분히 오를 수 있다.

배봉산 정상은 넓은 광장으로 정식 명칭은 '배봉산 해맞이 광장'이다. 산동쪽은 망우 용마 아차산 능선이 보이고 정상 서쪽으로는 남산과 안산까지 볼 수 있다. 맑은 날이면 남산타워도 잘 보인다.

배봉산은 김태호가 초등학교에 다닐 때 여름방학 때면 으레 부모님을 따라 자주 올라왔던 곳이다. 그리고 결혼 후에는 40이 돼서야 부인과 함께 올라왔었는데 그때는 산꼭대기에 군인막사가 있어서 산 위에까지는 오르지 못하고 겨우 동성빌라쪽으로 한 바퀴 도는 것이 전부였다. 요즈음은 코로나19로 방콕하며 지내다보니 답답하고 마땅히 갈 곳도 없어서 아침을 먹고 커피 한 잔 마시고 나서 걷기운동을 할 겸 자주 오른다.

　배봉산은 김태호에게 어려서부터 쉽게 오를 수 있는 고향의 동산이기도 하고 진짜 오랜 친구 같은 곳이다. 김태호는 시야가 탁 트인 배봉산 꼭대기에 홀로 서 있다.

　산꼭대기에 오르면 기분이 확 풀릴 것만 같았는데 그것도 부질없는 일이었다. 그의 가슴속은 아직도 답답하고 무언가 석연치 않은 일로 꽉 막힌 것 같다. 생각하면 생각할수록 짜증이 나고 신경질이 나서 견딜 수가 없다. 그는 요즈음 거의 매일 밤 뜬눈으로 잠을 설칠 때가 한두 번이 아니다. 믿는 사람에게 당한 배신은 참을 수 없는 분노다.

　그는 아무도 없는 허공을 향해 혼잣말로 분통을 터트렸다.

　'야! 네가 그러고도 친구야! 이 배신자야! 네가 어떻게 그럴 수가 있어. 이 못된 놈! 네가 감쪽같이 나를 속이다니…. 넌 완전 인간 말종이야! 내가 봉이었어? 이 나쁜 놈!'

　그는 생각하면 생각할수록 치미는 분노를 억제할 수가 없다.

김태호는 핏발선 눈으로 반은 미치광이처럼 상기되어 고래고래 고함을 질러댔다.

지난 몇 개월 동안 자신이 겪었던 일들을 생각하면 그동안 어떻게 지냈는지 짜증이 나고 화가 나서 자기 자신을 도저히 용서할 수가 없다.

나는 누구인가? 깊이 생각하면 생각할수록 신경질이 난다. 믿었던 사람에게 감쪽같이 당한 배신감은 참을 수 없는 분노다. 아무튼 우리는 현재 함께 살아가는 인간관계 속에서 욕망 때문에 고통과 슬픔을 겪는다. 사람은 누구나 인정을 받지 못하고 하던 일이 실패로 돌아갔을 때 시기와 질투와 미움을 갖게 되고 부정적인 시각으로 불만과 짜증으로 가득 차게 된다. 그러나 인간의 욕망은 인간의 본질이기 때문에 현실에 안주하지 않고 도전하여 문명을 꽃피우며 삶의 질을 개선할 수 있다.

사람은 평생 동안 돈, 명예, 권력, 사랑, 행복을 좇으며 욕망에 매달린다. 하지만 욕망은 한꺼번에 충족되지 않는다. 사람은 자신의 욕망을 위해 살아가며 다른 사람과 상호작용을 하며 살아가는데 욕망이 억압되면 고통을 겪고 다양한 병리적 증상을 표출한다. 우리는 작은 유혹으로부터는 초연한 척하지만 압도적 이익이 있는 큰 유혹 앞에서는 자주 흔들린다.

그는 자신에 대한 의미와 욕망과 허황된 꿈의 세계…. 이 모든 것이 얼마나 어둡고 비열한지를 겪으면서 경험을 통한 시간 속에서 자기 길을 발견하는 것은 오직 자기 자신뿐이라는 사실을 다소나마 알게 되었다. 길은 날씨에 따라 계절에 따라 시간에 따라 또는 누구와 함께 걷느냐에 따라 다르다.

그는 5년 전만 해도 K대학교에서 잘나가던 철학과 교수였다. 학교에서 학생들을 가르칠 때는 제자들이 그를 존경하고 따랐었다. 다른 동료들과 어울릴 때는 부러움을 한 몸에 받았으며 나름대로 인생이란 살만한 가치가 있다고 자랑스럽게 여기며 행복한 삶을 누렸다. 지금 가만히 되돌아보면 그런 일들이 엊그제 같았다.

은퇴를 하면 아내와 세계여행도 하고 좀 더 자유롭게 살면서 그림이나 그리며 취미생활을 하고 틈을 내서 골프도 치면서 살아야겠다는 작은 욕망이 넘쳤다.

그러나 은퇴하던 해에 아내는 급성폐렴으로 입원한 지 9개월 만에 그만 세상을 떠났다. 그의 외동딸은 결혼하여 10년 동안 외국에 나가서 살고 있는데 아내 장례식 때 사위와 함께 외손자와 외손녀를 데리고 귀국했다가 사위는 먼저 들어가고 딸은 외손자 외손녀와 함께 1개월간 머물다가 돌아갔다. 그리고 한 달에 두 번 정도 안부전화를 하는 게 고작이다. 그는 2년 동안은 아내가 떠난 집에서 그럭저럭 지냈지만 혼자 살아가자니 시간이 갈수록 지루하고 무기력한 삶이 그를 힘들게 내리 눌렀다.

그동안 교직생활을 하면서 아내가 알뜰살뜰 모아놓은 돈으로

30평대 아파트도 융자를 받아서 마련한 것이 이제는 융자금도 다 갚고 손에는 2억 5천의 돈도 쥐어져 있다. 그리고 한 달에 300만 원대 연금도 들어오니 아내는 없지만 세상에 부러울 것 없는 생활이었다. 김교수에게 아직은 60대라 홀아비로 혼자 살기에는 아까운 나이라고 어머님을 비롯해서 여동생과 주위의 친구들이 재혼하라고 성화가 빗발친다. 그러나 김교수는 정말 인연이 있는 사람이 있다면 재혼할 수도 있지만 굳이 그럴 필요가 있을까 하며 망설이다가 5년째 혼자 살고 있다. 이제는 혼밥에도 익숙하고 시간도 남아도니까 책이나 한 권 저술할까 하다가 취미로 시작한 그림을 그리면서 지내니 생각보다 시간이 빨리 간다.

지난여름 동료들과 함께 3박 4일간 동해안으로 여행을 갔었다. 그때 동료들은 거의가 부부동반이었었다. 여행 마지막 날 혼자 온 동료와 함께 바닷가를 거닐며 이런저런 이야기를 주고받는데 뒤에서 누가 아주 반갑게 말을 건다.

"어이 김교수 오랜만이야! 나야, 자네 C중학교 동창 박철수여. 오랜만이네. 근데 여긴 웬일이여. 아직도 얼굴은 좋아 보이네."

"그래 오랜만이네. 자넨 웬일이여."

"난 사업차 회사직원들과 함께 1박 2일 동안 여러 가지 사업을 구상하려고 왔어. 김교수는 더 있을 거지? 우리 한 번 만나야지?"

"우리는 내일 떠나는데 난 일행과 함께 출발하려고…."

박철수는 김교수의 손을 놓지 않는다. 김태호와 박철수는 중학교 동창생이지만 30년 동안 걸어온 길이 전혀 다르다. 그래도 동창생이라는 이유 하나만으로 오랜만에 만났어도 서먹서먹하지 않고 반갑다.

"내일 일행들 떠나보내고 우리 오붓하게 몇 시간 더 있으면서 오랜만에 술도 한 잔하고 지난 이야기도 하면 좋겠다. 갈 때는 내가 모셔드릴게. 자넨 지금도 혼잔가? 일찍 가서 뭐해? 독수공방하려고. 그럼 내가 내일 자네한테 갈게. 자네 어디서 묵는다고?"

"으응 난 지금 비치호텔에 있어."

"내일 아침 10시에 비치호텔 정문 앞으로 갈게. 거기서 봐."

김태호와 박철수의 만남은 5년 만이다. 5년 전 박철수는 김태호 아내의 장례식장에서 C중학교 동창들과 함께 와서 김교수에게 조의를 표한 이후 처음이다. 5년이란 세월 동안 그들은 벌써 초로의 나이로 머리는 반백이다. 그러나 마음만은 아직도 청춘이다. 다음날 아침 10시에 박철수는 비치호텔 정문 앞에서 김교수를 기다리고 있었다. 점심시간이 되자 박철수는 김교수를 데리고 바닷가 횟집에서 모듬회를 곁들여 소주를 마셨다.

"김교수, 그만한 위치에서 왜 아직까지 재혼을 않고 혼자 지내며 독수공방 하는 거야? 빨리 재혼해서 제2의 인생을 살아봐."

"혼자 살아보니 그것도 나쁘지만은 않은 거 같아. 그리고 2~3년 전부터 취미로 그림을 그리는데 이제는 그림을 그리면 마음이 안정되고 좋더라고…. 좀 더 있다가는 책을 하나 내려고 공부중이여."

"물론 저술도 좋고 그림을 그리는 것도 좋지만 좋은 사람과 재혼해서 여행도 하면서 지내면 더 좋을 거 같은데…. 지금은 코로나가 극성을 부리니까 좀 잠잠해지면 한 번 생각해봐."

두 사람은 시간 가는 줄 모르게 이야기에 빠져들었다.

날씨도 청명하고 간간이 불어오는 바닷바람의 비릿한 냄새가 기분을 들뜨게 했다. 그들은 길게 펼쳐진 모래사장을 거닐며 서로의 안부와 근황을 물으며 학창 시절의 이야기꽃을 피우기도 했다. 인간의 모든 관계는 만남으로부터 시작된다. 새로운 만남은 설렘을 주기도 하지만 두려움을 주기도 한다. 특히 학창 시절의 친구는 평생 동안 소중한 것이다.

김태호와 박철수가 처음 만난 것은 C중학교에 입학하고부터다. 김태호는 입학식 날 어머니와 함께 학교에 갔다. 교육열이 강한 어머니는 감색 투피스에 흰 머플러를 두르고 검정 핸드백에 입학축하 꽃다발을 들고 서 계셨었다. 입학식이 끝나고 반

배정에 따라서 교실에 들어갔다. 김태호와 박철수는 1학년 같은 반이었다. 김태호는 키가 보통이라 앞에서 셋째 줄에 앉았고 어머니는 교실 뒤에 서서 아들을 바라보고 계셨다. 박철수는 키가 커서 교실 맨 뒷줄에 앉았다. 박철수는 뒤를 돌아보다가 김태호의 어머니와 눈이 마주치자 살짝 눈인사를 했다. 김태호 어머니는 그때 박철수에게 호감의 눈초리를 보냈다.

김태호는 약간 통통했지만 숙제도 잘해오고 학급일도 열심히 했다. 또한 학구적이라 학업성적도 손가락 안에 들었고 모범생이었다. 아버지는 회사원이었고 어머니와 여동생과 함께 이층집에서 살았으며 방과 후에는 곧장 집으로 돌아가 숙제부터 했었다.

박철수는 키가 훤칠하고 운동을 잘했으며 배구는 학교 선수급이었다. 학업성적은 보통이었고 때때로 숙제를 해오지 않아서 선생님들한테 주의를 받곤 했었다. 그는 학교 근처 빌라에서 살았는데 아버지는 어느 회사 공장장이라고 했고 어머니는 가끔 경동시장에 나가신다고 했으며 누나는 J여상에 다닌다고 했었다. 그는 동네 여학생들한테 인기가 꽤 있었다.

일학년 여름방학이 끝나갈 무렵 박철수는 같은 반 친구와 같이 김태호네 집을 찾아갔다. 초인종을 누르자 김태호 어머니가 나오셨다.

"학생들 웬일이냐? 태호반 친구들이지? 그런데 어쩌지, 태호는 지금 외가에 갔는데…. 내일 돌아올 거야. 태호한테 볼일이 있으면 모레쯤 다시 오면 좋겠는데…."

김태호의 외갓집은 충남 태안 안면도다.

안면도는 원래 태안반도 남쪽 끝에 있는 곳이었는데 조선시대 때 남면 신온리와 안면읍 창기리 사이를 끊어 물길을 만들어 섬이 되었다가 1970년 서산과 안면도를 잇는 다리가 놓이면서 육지가 되었다.

김태호는 광복절 아침 일찍 아버지를 따라 용산 시외버스터미널에서 서산행 버스를 타고 당진을 거쳐 서산에 도착했다. 서산읍내에서 택시를 타고 외가가 있는 안면도를 찾았다. 복잡한 서울을 떠올리며 눈앞에 있는 풍경을 마음에 가득 담았다. 유쾌하기 그지없다. 큰집 마당에는 느티나무가 커다란 그늘로 마당을 가득 덮고 있다. 외할머니댁은 잘 사시는 것 같았다. 집이 크고 마당이 넓다. 집은 소나무로 둘러싸여 있는데 솔향이 그윽하고 운치가 있고 아름답다. 외할머니는 외삼촌 내외분 그리고 외사촌형제 3명과 함께 살았다.

이번 외가댁 방문은 아버지와의 첫 여행이다. 외할머니는 태호를 보자 얼마나 기뻐하시는지 "오우 내 새끼 많이 컸구나. 이제 중학생이라고?" 하시며 꼬옥 껴안고 어깨를 두드리며 "그래 잘 왔다. 오는데 힘들었지. 얼른 손 씻고 점심 먹어야지.

얼마나 배고프냐? 버스는 급행타고 왔지? 벌써 점심시간이 지난 지가 언제인데 배고프겠다." 하신다. 지금 보니 엄마가 외할머니를 많이 닮으신 거 같다. 그는 어깨에 짊어졌던 배낭을 마루에 벗어놓고 손을 씻었다. 물이 어찌나 시원한지 더위가 싹 가신다.

  점심상에는 태호가 제일 좋아하는 꽃게가 한 소쿠리다. 찐 꽃게는 정말 맛있다. 꽃게는 비린 냄새가 전혀 없고 오히려 달콤하다. 점심을 먹고 나니 피곤하고 눈이 감긴다. 그는 마당 평상에서 스르르 잠이 들었다. 평상에는 그늘막까지 있어서 시원하고 좋았다. 낮잠을 잤더니 피곤이 달아나 버렸다. 눈을 떴더니 외사촌 형제들이 모두 태호 주위에 앉아 있다. 큰애는 초등학교 4학년이고 둘째는 여자인데 초등학교 2학년 그리고 막내는 다섯 살 꼬마다. 모두 다 귀엽고 예쁘다.

  외삼촌께서 "이제 모두 쉬었으니 바다에 가볼까?" 하시며 앞장서 나가신다. 한참 걸어서 꽃지해수욕장으로 갔다. 바다다! 유난히 높은 하늘은 쪽빛으로 물들고 하얀 뭉게구름이 두둥실 떠다닌다.

  모래가 곱고 하얗다. 바닷물이 찰랑찰랑 어서 오라고 손짓한다. 꽃지해수욕장은 백사장이 무려 3km이며 물이 맑고 수심이 얕아서 인근 초·중·고 학생들에게 인기가 많을 뿐 아니라 여름방학 때면 서울에서도 많은 사람들이 놀러온다고 한다.

일행 모두는 팬티만 입고 바다에 들어갔다. 물이 좀 차다. 그러나 들어가서 뛰어다니며 서로가 바닷물을 끼얹으면서 한참 놀다보니 오히려 재미있고 좋다. 그는 이렇게 바다에서 물장난을 하는 것도 처음이다. 아버지가 언제 오셨는지 태호를 번쩍 들어서 물위에 놓으시니 바닷물이 물보라를 일으키며 물방울을 튕겨낸다. 평소에는 근엄하게만 보이던 아버지였는데 오늘따라 따뜻하고 친근감이 와 닿는다. 이때 아버지의 깊은 사랑을 느꼈다. 외사촌 막냇동생이 태호를 졸졸 따라다니며 좋다고 난리다. 바닷가 모래펄에서 뒹굴고 놀다가 바닷물에 풍덩 들어가는 재미는 서울에서는 상상조차 해보지 못했는데 바닷가에서만 느낄 수 있는 더할 나위 없는 재미다. 이번에 외할머니댁에 온 것은 정말 잘 온 것 같다.
 해질녘 붉게 물든 서해의 노을은 정말 아름답다. 물감으로 그림을 그린다고 해도 이보다 더 아름다울 수가 없다. 태호는 얼마나 피곤했는지 밤에 모기장에 모기가 들어와서 그의 피를 그토록 많이 빨아먹었는데도 꿀 같은 단잠에 빠져 눈 한 번 뜨지 않고 잠을 잤었다. 아침에 보니 여기저기 모기에게 물린 자국이 많다. 다음날 외삼촌께서 아버지의 의향을 묻는다.
 "매형 여기 오셨으니 오늘은 해미읍성과 개심사를 한 번 둘러보는 것이 어떠세요?"
 "좋지. 꼭 한 번 가보고 싶었는데 가보자구…. 처남이 오늘도 애써주겠네."

 아침 일찍 해미읍성으로 출발했다. 천주교 탄압에 1천여 명의 천주교인들이 처형당한 곳으로 알려진 천주교 순례지다. 멀리서 바라본 해미읍성은 돌로 빙 둘러싸인 조선시대 초기 성채의 모습을 간직하고 있다. 고려 말부터 왜구의 침략을 효과적으로 막기 위해 쌓았다고 한다. 아래서부터 큰 돌 위에 작은 돌로 정교하게 쌓았는데 높이 4m, 둘레가 2km이고, 동서남문 등 세 문루가 있다. 우리는 세 문 가운데 진남문으로 들어갔다. 좌우 양쪽으로 나열된 나무로 지어진 집안을 훑어보았다. 어떤 방은 주리를 트는 광경, 목을 매단 방, 태형의 방 등 각양각색으로 고통을 당하는 자태가 너무 끔찍하게 재현되어서 그는 자신도 모르게 몸이 오싹해지고 무서움이 든다. 특히 김대건 신부도 이 성안에 있는 300년 된 '호야나무'에 묶여 고문을 당하고 순교했다고 전해지고 있다.

 마당 한가운데 있는 '호야나무(해미읍성 회화나무 기념물 172호)'는 충청도 사투리로 선비를 상징하는 나무, 수령 300년으로 추정되는 나무로 바로 옆 푯말에 기록되어 있다. 왜 하필이면 선비나무로 알려진 회화나무에 천주교인들을 매달아 고문했는지 의문에 의문이 든다. 조선시대의 종교가 유교이고 천주교는 이교도라고 해도 대원군의 쇄국정책과 이교도 탄압은 상상을 초월했던 것 같다.

옛날부터 이 나무를 심어야 가문이 번창하고 큰 학자나 인물이 나온다고 믿었던 회화나무는 큰집 마당이나 회당 근처 여기저기에 가로수로 심었었는데 그 잎이 마치 아까시 잎과 비슷하게 생겼다. 우리 돈 천 원짜리 지폐 뒷면에 있는 도산서원을 둘러싸고 있는 그 무성한 나무들이 바로 회화나무라고 한다.

해미읍성의 호야나무는 천주교 박해에 상처를 입어서인지 300년이 됐다고 하는데 볼품없이 엉성하고 균형이 어그러져 있다. 이 나무는 천주교인들의 억울한 죽음을 입증하는 나무라서 그런지 시대의 아픔을 고스란히 품고 있는 것 같다.

김태호는 역사의 산 현장을 아버지와 함께 답사하니 마음이 뿌듯했다. 외삼촌의 안내에 따라 상왕산의 울창한 숲속에 자리 잡은 운산면 개심사에 다다랐다. 주차장에 차를 정차하고 굽이지고 호젓한 산길을 따라가니 개심사 입구에는 두 개의 표지석이 서 있다. 세심동(洗心洞)과 개심사(開心寺)다. 그의 아버지가 '이곳 절에 들어오기 위해서는 이곳 입구에서 마음을 씻고 계곡을 따라 오르면서 마음을 열고 절 안으로 들어오라는 뜻'이라고 설명해 주신다.

흙바닥으로 된 길 위에 돌을 하나씩 놓아서 만든 계단을 오른다. 한참 숨 가쁘게 올라가니 절 앞 연못이다. 숨을 고르고 나서 연못 외나무다리를 건너니 상왕산 개심사라는 안양루 현판이 눈에 들어온다. 보물 제143호인 대웅전은 조선조 성종 15년

1484년에 건축한 것이다. 이 대웅전은 정면 3간 측면 3간의 단층 맞배집의 구조다. 대웅전 안에 있는 목조 아미타여래좌상은 고려 때 만들었다고 한다.

　김태호에게 아버지와의 이번 여행은 너무나 많은 것을 시사해준다. 아버지와의 2박 3일 동안 여행은 아버지의 존재에 대하여 새삼스럽게 든든함과 감사하다는 마음이 더 깊어지는 느낌이다. 그의 가족은 서로가 신뢰하고 자기가 해야 할 일은 미루지 않고 누가 시키기 전에 솔선하면서 사랑 안에서 함께 편안하게 살아가는 것 같다. 중학교에 들어와서 맞이한 첫 여름방학은 정말 뜻깊은 추억 여행이 되었다.

　중학교 2학년 여름방학 때 김태호는 박철수와 몇몇 친구들과 함께 망우리 너머 구리 토평동에 있는 왕숙천으로 물놀이를 갔었다. 그때 김태호가 고기를 잡는다고 하다가 그만 발을 헛디뎌 물에 빠질 뻔했는데 박철수가 손을 잡아줘서 위기를 모면한 일이 있었다. 그러나 그 후로는 각자가 학교생활에 바빠서 별 교감 없이 지냈다.

　그 후 김태호는 고등학교를 거쳐 K대학에 입학을 하고 대학원을 졸업한 후 독일유학을 거친 후 30년 넘게 K대 모교에서 교직생활에 일생을 바쳤다. 개인과 개인과의 관계는 오랜 시간 동안 유기적인 관계를 유지할 때 그 개인에 대한 성향을 파악하게 된다. 친구 간에는 친밀감을 갖기도 하지만 때로는 갈등을 겪고 경쟁관계에서 시기와 질투를 느낄 때도 많다. 그 사람의 성향을 알기 위해서는 자라온 환경과 가정사를 살펴보면 거의 알 수 있다. 그러나 사람에 따라 좋은 인간관계를 만들 수 있는 능력을 천성적으로 타고난 사람이 있다. 이런 사람은 유전적이거나 외향적이고 사교적인 경향이 있다. 친구 관계는 첫째 진실해야 하고 상호작용을 하면서 상대에 대하여 이해하고 배려하면서 공감한다면 서로간에 신뢰를 얻게 된다. 이때 신뢰를 행하는 것은 온전히 그들 자신의 몫이다.

박철수는 수도권대학에 진학을 못하고 지방대학에 진학하고 졸업 후 중소기업에 취직했다가 그 회사가 부도나는 바람에 조그만 하청 업체를 운영하다가 그마저 어려워져 거의 무위도식하며 지내다가 친구의 권유로 주식에 투자했지만 몇 번인가 실패를 거듭했었다.

그래도 대박 한 번 터트려 보겠다고 있는 돈 없는 돈을 다 긁어모아 투자했지만 생활이 여전히 어려웠다. 그러던 중 부인마저 가출하고 지금은 이혼까지 한 상태다. 그는 친구들과 어울려 지내며 어떤 친구의 사업을 도와주고 있었다. 그러나 명함에는 A회사 이사라는 직함을 버젓이 가지고 있다. 인생이란 어떻게 보면 잔혹한 게임일 수도 있다. 게임에서 승리하기 위해서는 피나는 역경을 몇 번인가 넘어야 한다. 이런 이들에게는 인간성도 하나의 능력이라고 생각한다. 그런 사람들은 상대방이 '이익'이라고 봤을 때 호기심을 갖고 접근하면 알지 못하는 사이 먹잇감이 되기 쉽다. 진실한 인간성을 알기 위해서는 오랜 시간 속에서 유기적인 관계를 가지고 지내봐야 그 인간 됨됨이를 알 수 있다. 그럼에도 불구하고 동창생이란 이유만으로 무조건 믿고 따르다가는 함정에 빠질 수도 있다.

  그는 생애에 여러 번의 시련을 겪으며 나름대로 삶의 요령을 터득하고 책임감과 인내심을 기르며 때가 오기만을 기다리며 살고 있었다. 그런 그가 친구 김교수를 그냥 내버려둘 리가 만무하다. 그는 인내심과 사회성으로 무장하고 친구인 김교수에게 극진하다. 그동안 왕래도 없이 지낸 친구였는데 전혀 서먹서먹하지 않고 오히려 오랫동안 함께 지낸 듯 친밀감이 있게 접근했다.

  김태호와 박철수는 오붓하게 점심을 회정식으로 잘 먹고 석양이 되어 집으로 돌아오는 길에 박철수가 김태호에게 "가는 길에 어디 한군데 들러서 커피나 한 잔 하고 가자."고 하니 김교수는 "좋은 곳 있으면 그러지 뭐." 했더니 두 사람을 태운 차가 서울의 근교 어딘가로 간다. 차가 외제 차종이다. 김태호가 박철수에게 "자네 차 좋네. 그동안 좋은 일이 많았나 보구먼." 했더니 "이 차는 회사차이고 내 차는 집에 놔뒀지." 하며 이야기하는 중에 차가 머문 곳은 운치가 좋은 어느 저택 앞이다.

박철수가 초인종을 누르자 어떤 아줌마가 인도한다. 넓은 정원을 지나 현관문으로 들어서니 아주 멋있는 50대 초반의 여성이 박철수를 반갑게 맞이한다. 이 집주인 진순영 여사란다.

그들은 진순영 여사와 인사를 나눈 후 커피를 마시며 몇 년 만에 어저께 바닷가에서 우연히 만나 오늘 함께 진여사댁을 방문한 사연을 이야기하며 이런저런 얘기를 나누던 중 그들은 C 중학교 동창으로 중학교 2학년 때 왕숙천으로 물놀이 갔던 이야기를 하면서 환담을 나누었다.

"아, 두 분이 친한 사이는 아니고 중학교 동창생이시라구요. 동창생은 언제 어디서 만나도 반갑죠. 그런데 저는 두 분이 오랫동안 친하게 지내고 계신 사이인 줄 알았어요. 오늘 뵙지만 가까워 보여서요."

"그리 보이나요?"

"김교수님도 시간 있으시면 박사장님과 함께 저의 집에 자주 오셔도 환영해요."

진여사도 김교수에게 호감이 가는 모양이다.

김태호는 진순영 여사를 보자 전혀 낯설지가 않다. 어디서 많이 본 듯한 얼굴인데다 친근감까지 든다. 거기에 그 미모와 자태를 보고 한눈에 혹해 버렸다. 진순영 여사는 빼어난 미모에 성격도 활달하고 미소를 짓는 품이 너무나 우아했다.

그녀는 미국에서 경영학을 전공한 엘리트 유학파였고 얼굴은 동안으로 50대 초반이다. 몸매는 30대의 젊은 여성 같고 의상도 멋지고 품위가 있다.

　진여사는 성공한 젊은 여성사업가로 인기가 있고 주변에서 인정을 받는 듯했다. 그녀는 20대 후반에 유능한 사업가와 결혼했지만 남편이 결혼생활 얼마 후 불의의 교통사고로 세상을 떠났다. 진여사는 남편과 사별 후 이때까지 혼자 살고 있었다. 시시한 남성과 사느니 혼자 하고 싶은 일 하면서 멋지게 살아가겠다는 게 그녀의 인생관이다. 인생의 여정은 언제나 예기치 않은 사건의 연속이다. 우리는 매일 우리 주위에 어떤 일이 일어날지 누구도 알지 못한다. 그가 오늘 진여사를 만난 것은 예기치 않은 사건이다. 인간관계는 만남으로부터 시작된다. 누가 혹 어떤 사람을 만난다 하더라도 아무 일도 없으면 어떤 사건도 일어나지 않는다. 사건을 만드는 것은 오직 그들 자신의 몫이다. 진여사에게는 현실적인 맛과 정서적이고 이상적인 여운의 멋이 동시에 느껴진다. 그들에게 오늘의 인연이 우정으로 이어질지 연정으로 나아갈지 두고 볼 일이다.

　김교수는 생애주기에서 일어나는 우정과 인간관계를 생각해 본다. 인간을 가장 행복하게 만드는 것은 아무래도 우정과 성공적인 인간관계이다. 아무리 돈이 많고 사회적 지위가 높다고 하더라도 희로애락을 함께 나눌 수 있는 친구가 없다면 그는 결코 행복하다고 말할 수 없다. 사회적 관계 속에서 친구는 정신적으로 버팀목이 되어주는 인생의 좋은 동반자이다. 나를 이해하고 내 말을 끝까지 들어주고 같이 소통하며 놀아줄 수 있는 친구는 행복한 노년생활을 위한 필수요건이다. 정작 중요한 것은 비록 몇 안 되는 친구일지언정 얼마나 깊이 있는 만남을 유지하느냐에 있는 것이다. 친구간에 오랫동안 만나다보면 부딪치기도 하고 의견이 상충되기도 하지만 이해하고 솔직하게 의견을 묻고 잘못이 있으면 인정하고 사실은 사실대로 말하며 속임이 없어야 한다. 친구간에는 신뢰와 의리가 첫째이기 때문에 정직해야 한다. 혹 친구간에 목적이 같을 때에는 협조도 잘되고 배려도 하고 공감을 하며 이해하는 것 같다가도 이해관계에 들어가서는 한푼이라도 더 챙기려고 혈안이 되는 친구가 있다. 이런 친구는 친구가 아니다.

기꺼이 서로에게 시간을 내줄 수 있고 어렵고 슬픈 일을 당했을 때 한걸음에 달려와 줄 수 있어야 진정한 친구이다. 친구가 잘 나갈 때는 문전성시를 이루다가도 어려운 상황일 때는 그림자조차 비치지 않는다면 그런 친구는 친구가 아니다. 진정한 친구를 얻기 위해 얼마나 노력을 했는지도 생각해 봐야 한다. 친구가 어려울 때 보상을 기대하지 않고 자신의 능력 안에서 조금이라도 도와주고 위로를 했는지 또한 경조사간에도 적은 도움을 주고 받았는지 꼼꼼히 살펴야 한다. 친구관계는 상호작용이기 때문에 일방적으로 한쪽만이 잘하면 유지할 수가 없다.

실수도 인정하고 서로가 서로의 생각을 자유롭게 표현하며 서로가 서로의 차이점을 인정하고 상대방을 존중해야 진정한 친구인 것이다. 친구의 눈물을 닦아주고 아픔을 치유해주고 고통을 달래주는 감정이 통하는 그런 친구를 가지고 있다면 그는 그동안 일생을 잘 살아온 것이다. 그는 현재 주위에 있는 친구중에 몸이 지치고 마음이 지칠 때 마음을 열 수 있고 정기적으로 만나 밥먹고 커피도 마시며 수다를 떨 수 있는 친구가 있어서 다행이라고 생각한다. 김교수는 박철수가 어떤 친구에 속하는지 생각해 보지만 잘 알 수가 없다. 어쨌든 좋은 친구로 함께 동행하면서 지냈으면 하는 바람이다.

김교수는 박철수와 끝까지 동행자가 될지 경쟁관계가 될지 알지 못한다. 경쟁이란 승패를 가르기 때문에 결과적으로는 승자와 패자로 갈라지며 오랜기간 시기와 질투에서 벗어나지 못하기 때문에 언제든지 갈등관계로 남게 된다. 그러나 친구간의 배신은 이해는 할 수 있지만 용서할 수는 없다.

친구는 그때그때의 친구도 있을 수 있다. 그러나 정말 좋은 친구는 일생을 두고 신뢰를 저버리지 않는 친구다. 늙어서 친구와 거리가 생김은 친구가 나를 버림이 아니고 내 자신이 나를 완전히 잃음이라고 말할 수 있다. 우정의 비극은 이별도 죽음도 아니고 서로 믿지 못하는데서 오는 불신이다. 세상살이는 요령이라고 하지만 친구 관계만은 신의가 으뜸이다. 우리는 혼자서는 살 수 없기 때문에 친구가 필요하며 자신의 소망을 달성하기 위해서 항상 부딪치며 사는 것이다. 진실한 친구가 있는 사람은 이 세상에서 가장 아름답고 행복한 사람이다.

초상화

　김태호는 집에 와서도 진여사에 대한 생각이 머릿속에서 떠나질 않는다. 그의 마음은 설렘으로 가득 차 있다. 내가 진여사를 어디서 봤지? 한두 번 만난 것 같지가 않은데 도통 생각이 나질 않는다. 이상하다. 진여사를 혹시 독일유학중에 봤었나? 그럼 그게 어디지? 아니야 그건, 절대 아니야…. 그럴 수가 없어. 아무리 생각해 봐도 알 수가 없다. 그럼 어디서 만났을까…. 그렇지 않고서는 전혀 낯설지가 않은 게 이상하잖아. 그럼 어디서 만났을까? 혹시 전에 공원에서 가끔 마주쳤던 그 소녀가 혹시 진여사의 딸인가? 아님 친정조카딸인가? 몇 번을 생각해도 알 수가 없다. 그는 하루 종일 눈을 감고 온통 진여사만 생각했다.

　김태호는 진순영 여사를 알기 전만 해도 지극히 평범한 삶을 행복으로 여기고 살았던 사람이었다. 그는 아내가 떠나간 후 처음으로 느끼는 묘한 공허와 고립감으로 무료한 나날을 보내다가 그냥 이대로 주저앉으면 너무 허무하니까 더 늦기 전에 취미생활을 하면서 노년을 보내야겠다는 생각에 어려서부터 꿈이었던 그림을 그리고 싶어서 어느 날 화실에 등록을 하고 2년 정도 다닌 결과 이제는 아마추어 이상의 실력을 갖게 됐다.

 그는 처음에는 인물화를 그렸지만 신통치 않았다. 그래서 정물화를 그렸지만 흥미를 느끼지 못하다가 밖에 나가 풍경화를 그렸는데 풍경화는 구도와 위치, 빛과 색채감에 따라 그 강도가 다르다는 것을 알았다. 그러나 그는 심도 있는 인물화를 꼭 그리고 싶었다. 4월초였다. 싱그러운 봄 햇살을 맞으며 생각에 잠겨 산책을 하고 있던 어느 날 공원에서 그의 시선을 몹시 끄는 소녀를 만나게 되었다. 처음 보는 얼굴인데 낯설지가 않다. 그녀는 키가 크고 날씬했으며 멋진 옷차림이었고 영리한 얼굴이었다. 그녀는 첫눈에 김태호의 마음을 사로잡았다. 김태호는 그녀와 말 한마디도 나누지 않았지만 그가 좋아하는 유형으로 그의 상상력을 바쁘게 했다. 어디서 본 듯한 얼굴인데 뚜렷한 기억이 없다.

 그녀는 나이에 비해 훨씬 성숙해 보였고 고상하고 윤곽이 뚜렷하고 완전한 숙녀였다. 그러면서도 자존심과 당당함을 동시에 지니고 있었다. 그 소녀의 인상은 어떤 존경심과 어떤 영상이 되어 김태호 앞에 나타났다.

그는 그녀에게 말을 걸려고 하는데 그녀는 그냥 지나가 버렸다. 그 후에도 얼마간의 시간이 지났지만 그는 그녀와 단 한마디의 말을 나눈 적이 없었다. 그럼에도 그는 그녀에게 지극히 깊은 영향을 받았었다. 그는 그 소녀를 만나면 무슨 말을 해야 되는지 곰곰이 생각해봤지만 잘못하면 망신만 당할 것 같아서 차라리 지켜보기로 하고 몇 번을 그냥 지나쳤다. 그런데 화실에서 그린 인물화가 이름도 모르는 그 소녀와 비슷한 영상으로 나타난다. 참 이상한 일이다. 어쩜 이럴 수가? 그러던 어느 날 르네상스 시대의 레오나르도 다빈치와 함께 유명한 화가이자 건축가인 라파엘로(이탈리아 1483~1520)의 자화상을 보는 순간 '바로 이거다' 하는 영감을 받았다. 그는 이 인물화에 공원에서 만났던 소녀와 라파엘(가브리엘, 미카엘, 라파엘 중 하나) 천사의 얼굴을 합성하면 최고의 작품이 될 것 같다는 구상을 하게 됐다. 그는 거의 1년 동안 영원에 대한 동경으로 초상화를 그리고 또 그렸다. 그 결과 그는 상상력으로 그가 그토록 동경하는 꿈속의 여인상을 드디어 그렸다. 그는 자신이 해냈다는 만족감과 행복감이 넘쳐흘렀다.

김교수는 그 그림을 몇 번인가 보면서 고개를 갸우뚱하며 생각에 잠기곤 했었다. 그러면 그때마다 어떤 영감이 떠오르는 것 같았다. 그 얼굴은 인자하면서도 생명력이 있어 보였다. 그 얼굴은 그에게 무언가 할 말이 있는 듯했다. 그때부터 그 초상화는 그의 일부였다. 그림을 가만히 바라보고 있으면 그림 속 여인이 그의 이름을 부르는 것 같았다. 잠들기 전에도 찬찬히 그림을 바라보다가 잠들곤 했다. 그는 어느 날 잠자리에 들다가 자리에서 벌떡 일어났다. 어디서 본 듯한 얼굴 친숙한 얼굴 그 얼굴은 바로 며칠 전 만난 진순영의 얼굴이었다.

그는 학부시절에 심취하여 읽었던 단테의 신곡을 떠올렸다. 피와 악취, 비명으로 가득 찬 지옥을 떠나 언젠가 다가올 구원의 순간을 갈구하며 참회와 회개의 소리가 울리는 연옥을 지나 천국을 오르기에 앞서 꿈에 그리던 영원한 사랑 베아트리체를 만나 가장 위대한 것은 사랑이라고 확신한 단테와 같이 그는 시간과 공간을 초월한 환희와 영광의 세계를 그리고 있었다.

진순영 여사를 보고나서부터 김교수의 삶은 송두리째 바뀌기 시작했다. 진여사가 영원한 사랑의 아이콘인 양 여겨지는 것이다. 그는 제2의 인생을 진여사와 함께하고 싶다는 생각으로 초상화 앞에 앉아있으면 한없이 행복했다. 초상화는 보면 볼수록 진순영 여사였다. 그는 성인이 되면서부터는 꿈을 꾸지 않았는데 요즈음 다시 꿈을 꾸기 시작했다. 언젠가 낮잠을 자고 일어났을 때 그는 서재에 있는 초상화를 보고 진순영의 얼굴로 착각한 적이 있었다. 그리고 진순영에 대한 그리움이 거세게 일어났다.

김교수는 여자에 대하여는 아내와의 결혼생활이 거의 전부였었다. 아내와는 결혼생활 동안 크게 아기자기한 맛은 없었지만 의견이 충돌한 적도 거의 없었다. 여자에 대하여 특별한 게 없었던 김교수는 아내와 사별한 후 가끔 사랑에 대하여 애타는 그리움과 절망적 마음으로 가득 차 있을 때 마음속에서 느끼고 불타는 듯한 격한 감정이 일어날 때가 있었지만 그는 성(性)은 함부로 처리하는 것이 아니라는 깊은 관념이 있었기에 그럴 때는 술을 마시며 깊은 명상에 빠져서 잠이 들든지 아니면 친구들과 음담패설을 하며 그 시간을 곧잘 넘기곤 했었다. 그는 죄와 벌에 대하여 엄격한 기준을 설정하고 있었다.

원초적인 본능이 없었던 것은 아니지만 육체적인 뜨거운 감정은 사랑이 아니라 타락하고 보잘것없는 동물적인 행위에 불과한 것이라고 생각해 왔었다. 김교수는 그 초상화를 그리고부터는 더욱 그 인물화에 집착했다. 그 후 그는 혼자 있는 것이 두려웠고 은밀한 감정이 자주 엄습하는 것이 두려웠다.

그러던 어느 날 그 그림은 참으로 기가 막히도록 친숙하게 김교수를 바라보며 그의 이름을 부르는 것 같았다. 그는 자신도 모르게 가슴이 뛰며 설레는 듯한 느낌까지 들 때도 있었다. 그는 자신의 상태에 대하여 깜짝 놀랐다. 아니 내 나이가 몇인데 소년과 같은 감정이 살아나다니. 김교수가 그리던 꿈의 영상, 얼굴은 지적이면서도 정감이 흐르고 팔다리는 길고 날씬한, 옛날부터 이상형으로 사랑했던 영혼이 깃들인 분위기를 그 그림은 고스란히 담고 있었다. 어머니이자 애인인 영원한 여성상이다.

신(神)은 무(無)에서 유(有)를 창조했지만 인간은 이미 있는 유(有)를 가지고 새로운 아이디어와 기술과 노력으로 새로운 유(有)를 만드는 것이다. 그래서 문화(文化)는 인간의 영광이요 자랑이요 업적이다. 그는 그중에서도 미의 세계를 창조하는 영원한 자신만의 예술상을 드디어 만들었다는 만족감으로 도취되었다. 그는 그동안 풀지 못하던 숙제를 마침내 풀어낸 것 같은 성취감에 빠졌다.

어느 날 밤 꿈에 진여사가 나타났다. 아주 찬찬히 김교수를 바라보다가 가까이 다가와서는 살짝 입을 맞추더니 나중에는 진한 애무를 한다. 그는 깜짝 놀라 깨어서 멍하니 앉아있기를 반복하기도 했다. 그 후 김교수는 진여사를 영원한 사랑의 아이콘으로 만든 것은 순전히 김교수 자신의 상상력뿐이고 실제로는 그녀가 그를 불멸의 존재로 알았을까 하는 의문이 든다.

그 후 그는 편히 잠을 이루지 못할 때도 있었다. 그 뒤로 그림 그리는 것을 포기하고 친구들과 만나 커피도 마시고 수다를 떨어봤지만 귀한 보배를 잃어버린 것 같이 허전하고 외로웠다.

오랜만에 김교수는 성수동에서 개인 사업을 하는 대학동창을 찾았다. 이 친구는 졸업 후 대기업에 취업하여 근 20년간 근무했었는데 10여 년 전 가을 어느 날 퇴직을 했다고 하며 시간이 있으면 술이나 한 잔 하자고 해서 그날 함께 밤새 폭주를 했었다. 그 뒤로 자주 만난다.

  김교수는 분당선을 타고 서울숲에서 내렸다. 코로나 팬데믹으로 거리에는 사람이 별로 없다. 한 15분간을 걸어서 친구가 운영하는 7층 건물의 사무실에 도착했다. 오늘은 친구 혼자다. 이 사무실에는 4~5년 전부터 대학교 동기들이 매일 몇 명씩 찾아와 담소도 나누고 토요일엔 바둑도 두면서 시간을 보낸다.

  점심때는 돌아가면서 1만 원짜리 점심도 함께하고 점심을 먹고 난 후 서울숲을 산책하며 벤치에 앉아서 쉬기도 한다. 주위에 이런 친구가 있어서 퇴직 후에도 즐거운 시간을 보낼 수 있다.

  "이사장! 요즈음에는 친구들 나오지 않나?"

  "아무래도 코로나 때문에 그런가봐."

  친구 이창선은 대기업에 근무 중일 때 주식에 손을 댔다가 몇 번 실패하고 잃어버린 주식을 되찾을 욕심으로 근무시간에 몰래몰래 주식을 하다가 감사에 지적되어 주의를 받고도 끊지 못하다가 경고를 받고 옷을 벗었다. 퇴직 후 어려움을 좀 겪었지만 자신 앞으로 되어있던 고향 땅이 개발호재로 급등하자 땅을 팔아 성수동에 싼값에 나온 건물을 두세 채 샀는데 이곳에도 땅값이 오르고 건물 값이 뛰기 시작하여 대박을 맞고 그 건물 두 채를 하나로 묶어 7층 건물을 지었는데 지금은 친구 중에서 가장 편하게 노후를 즐기고 있다. 아직도 일 년에 서너 번씩 주식에 투자를 하는데 큰 욕심 없이 슬슬하니까 용돈 정도는 벌 수 있어서 좋다고 한다.

"만약 5천 정도 주식투자하면 한 달에 얼마나 수익금을 낼 수 있는거?"

"주식은 느긋하게 기다릴 줄도 알아야지 빨리빨리 급한 성정으로 수익을 얻으려면 안 돼."

"사실 주식 투자는 한 번의 타이밍으로 큰돈이 묶일 수도 있지. 아무튼 주식은 수익을 거두는 냉엄한 투전판이여 그렇기에 감정에 휘둘리지 않는 냉철한 판단력이 필요하므로 초보자들은 리스크 안정화 및 수익을 직접 챙기기는 쉽지 않지…. 왜? 김교수, 주식을 해보려고? 주식 투자는 카지노와 같은 형태의 포커판과는 크게 달라. 주식투자는 암튼 신중해야 돼…."

이사장은 그동안 많은 경험을 했기 때문에 무리한 투자는 안 하는 것이 생활의 철칙이라고 한다. 이사장은 두뇌가 명석하고 상식이 풍부하고 친구들에게 배려심도 많은 사람이다. 주식투자 이야기를 하다 보니 점심시간이 넘어간다. 이번 점심은 김교수가 살 차례이다. 중국집에서 짜장면을 배달해 먹으면 좋은데 요즈음은 배달비를 3,000원씩 따로 지불해야 한다.

"어이, 이사장 점심 먹어야지? 점심 뭐로 먹을까?"

"으응, 난 짜장면이 좋을 거 같은데 김교수는 뭘 먹으려고?"

"나도 짜장면이 좋아."

"그럼 나가자구."

두 사람은 옆 건물 중국집으로 갔다.

자리를 잡으면서 김교수가 "이번엔 내가 살 차례니까." "알았어." 김교수는 짜장면 둘에 칠리소스 얹은 새우튀김 하나 그리고 맥주 한 병을 시켰다. 두 사람은 정답게 맥주를 마셨다. 잔을 부딪치며 맥주를 마시니 기분이 좋다.

"요새도 그림 그리고 재미있어? 이제는 그림이 수준급은 되겠네. 주로 풍경화여? 인물화여? 아님 정물화여? 암튼 집중할 일이 있으니까 심심하지는 않겠네."

"그럼 이사장은 집에 마나님하고 두 분이니 신혼 기분이겠네."

"으응 그냥 든든하고 좋아. 이제 아들 둘 다 완전히 미국에서 자리 잡았어. 자식도 가까이 살면서 자주 봐야 좋은데…. 큰아들은 휴스턴에 살고 있고 큰손자는 텍사스 주립대학 공과대학 AI학과에 다니고 있지. 그리고 작은아들은 뉴저지에서 사업하고 있는데 작은아들 손자는 영재학교에 다닌다니 뿌듯하고 든든해."

김교수는 부러운 생각이 든다.

김교수는 요즈음 부쩍 생각이 많아졌다. 그는 그가 그린 초상화를 들여다보면서 이 초상화가 그의 운명의 일부인 것 같다는 생각이 들자 고개를 절레절레 흔들었다. 그는 진여사와의 인생 제2막도 생각해 봤다.

그렇다고 이제 와서 어떤 일에 크게 욕심을 부린다면 화를 자초할 수도 있으니 조심하고 분수를 지키며 지금처럼 사는 게 행복이라고 스스로를 다독이며 위로했다.

 그는 박철수와 자주 만나 점심도 하고 커피도 마셨다. 진여사는 박철수와 살갑게 지내면서 가끔 저녁 식사에 그를 초대하곤 했다. 그는 박철수를 대수롭지 않게 생각해 왔는데 진여사와 가깝게 지내는 박철수가 요즈음은 대단해 보였다. 박철수는 어떻게 그런 빼어난 여자와 사귀게 되었는지 묻고 싶었다. 그것이 제일 궁금했던 터라 어느 날 그는 일부러 박철수에게 말을 건넸다.
"그 진여사 말이야. 어떻게 그리 가까이 지내는지 궁금한데 혹시 숨겨둔 애인이야?"
"아니, 애인은 아니고 그냥 친하게 지내는 지인이여. 나보다 나이는 훨씬 어리지만 가끔 도움도 주고 미술에 조예도 깊어서 미술관에도 같이 갈 때가 있어. 나도 그녀 덕분에 미술에 대해서 관심을 갖게 됐지…. 김교수도 그림을 그렸다고 했지? 그럼 진여사랑 서로 통하는 데도 있겠네. 진여사도 한때 취미로 그림을 그렸다고 하던데…."
"그래 그럼 언제 진여사댁에 한 번 가서 여러 가지 이야기를 들어봐도 괜찮겠네."
"진여사가 미국에 갔는데 돌아오면 김교수와 함께 그 집에서 식사나 한 번 하면 어떻겠냐고 물어볼게. 아마 진여사도 좋다고 환영할 거야."

박철수가 김교수를 힐끔 쳐다보며 입가에 미소를 머금었다.

진여사는 영어는 원어민처럼 잘하는 건 물론이고 일어와 중국어는 물론 다방면으로 지식이 탁월해서 대화가 시작되면 김교수의 마음을 완전히 끌어당겼다. 그는 그녀의 이야기에 빨려 들어가 시간가는 줄 모르고 그녀와의 대화를 즐거워했다. 그녀는 아주 유쾌하며 지적 수준이 높은데다가 감수성이 풍부했기 때문이다.

그녀의 이야기 속에는 좋은 정보들이 담겨있었고 그녀의 표정과 맑은 목소리와 몸짓은 귀엽게만 여겨졌다. 어쩌면 지난번 꿈속에서 봤던 진여사가 자신을 좋아하고 있는지도 모른다고 생각하니 그녀가 너무나 사랑스럽게 느껴졌다. 김교수는 진여사를 보고서부터 자신이 그린 초상화를 매일 바라보면서 진여사에 대한 생각과 더불어 살고 있었다.

김교수는 그가 얼마나 비현실적인 세계 속에서 살고 있는지 자기 자신은 알지 못한다. 그는 그의 꿈과 기대, 그 내면의 극심한 변화에 대하여 그 누구한테도 단 한마디의 말을 할 수 없었다. 사실 성수동 친구를 찾아갔을 때는 자신의 심경을 조금이라도 이야기하고 싶었는데 차마 그러질 못했다. 그는 초상화에 빠져서 그 초상화가 그 자신을 고독 속에 밀어 넣었다는 사실을 인지하지 못했다.

그는 요즈음의 젊은 사람들의 생각을 알고 싶었다. 외사촌 막냇동생에게 전화를 했다.

"내일 마장동 고깃집에서 점심이나 하자."

외사촌 동생은 현재 H대학 교수다. 이 동생하고는 1년에 한 번씩 만나 점심을 먹으며 가족 간의 안부를 묻고 때로는 10여 분간 산책도 한다. 오늘도 점심을 먹으며 건강이야기와 코로나 이야기에 관해 간단하게 몇 마디 주고받았다. 동생인 한교수가 권한다.

"형님! 오늘 바쁘신 일 없으시면 제 방에 가서 커피나 한 잔 하고 가시죠. 이 근처 커피숍에서는 코로나 때문에 커피도 제대로 마실 수 없고 마음 놓고 이야기도 할 수 없어요."

"좋아. 그럼 동생 방에 가서 한 시간쯤 있다가 가야겠네. 그런데 동생, 요새도 학생들이 나오나?"

"네, 학기말 준비하는 학생들도 있고 취업 준비하는 대학원생들도 있어서…. 저는 늘 나와요."

김교수는 그를 따라 연구실로 갔다. 연구실에는 학생이 한 사람 나와 있었다.

"자네 식사는 했나? 저기 화분에 물은 좀 줬나?"

"아니, 제가요?"

그 학생은 한교수를 못마땅한 듯 슬쩍 쳐다본다.

김교수는 정말로 세상이 많이 변했다고 생각했다. 옛날 본인이 조교 시절에는 담당교수님 한마디가 아버지 말씀보다도 더 어려웠는데, 요즘 젊은 사람들은 자신의 일 이외에는 백안시 하는 사실을 알았다. 한교수는 커피를 두 잔 타가지고 자리에 앉았다.
"교수와 학생 사이가 요즈음은 어떤가? 잘못하면 '꼰대'라고 치부나 당하나?"
"그렇지요. 요즈음 학생들은 교수라고 특별히 신경 쓰지 않고 본인이 할 일만 끝내면 된다고 생각하고 행동도 그렇게 해요."
 한교수는 아주 어렸을 적부터 김교수를 '형! 형님' 하며 잘 따랐고, 지금도 각별하다. 한교수는 어려서부터 머리가 좋았고 논리도 정연했다. 그런 한교수를 김교수는 참 좋아한다.
"형님! 요즈음 세대를 MZ세대라고 하는 것 아시죠?"
"그럼 알지."
"지금 학생들이 바로 MZ세대예요. 이들은 1980년도 이후 2000년도까지 태어난 사람들을 일컫는데 생각, 일하는 방법, 노는 방법도 기성세대와는 다른 세대이기 때문에 그야말로 신인류가 탄생한 것 같아요. 1980년은 '정보화 사회'의 시작이며 '신자유주의'의 시작이고, 민주화 운동의 분출시기였어요. 이 해에 미래학자 앨빈 토플러가 쓴 『제3의 물결』이 나왔고 1985년에는 그가 쓴 『권력이동』이 나왔죠."

"그래, 나도 『제3의 물결』과 『권력이동』을 읽었지. 이때부터 정보화사회가 본격적으로 시작된 거라고 볼 수 있지."

"그래요. 우리나라는 이때 민주화의식이 고조됐었죠."

"그야말로 '신자유주의'는 무한경쟁, 승자독식, 개인주의를 확산시킨거죠. 바로 이때 태어난 세대가 MZ세대예요. MZ세대의 뜻은 Millennials and Gen(Generation) Z have inherited the Problems of the baby boomers입니다. 즉 밀레니얼(M)세대와 제트세대(Z)를 합친 단어죠. 이들은 디지털 환경에 익숙하고, 최신 트렌드와 남과 다른 이상적인 경험을 추구하는 특징이 강하죠. 특히 MZ세대는 SNS(Social Network Service: 온라인상에서 이용자들이 인적 네트워크를 형성할 수 있게 해주는 서비스 즉 사회관계망서비스)를 기반으로 유통시장에서 강력한 영향력을 발휘하는 소비주체로 부상해서 집단보다는 개인의 행복을 추구하기 때문에 누구의 말도 듣지 않아요. 우리 교수들이 권위의식을 세우려고 하면 꼰대라는 말이나 듣고, 이들과 충돌하기 때문에 조심해야 해요. 이들은 자유분방하고 민주화의식이 아주 강한 세대예요. 이들 MZ세대의 역량은 대단해서 사원이 임원보다 똑똑하고 학생이 교수보다 똑똑하고 자식이 부모보다 똑똑하고, 군에서는 병사가 간부보다 똑똑한 리버스 멘토링 시대인 초역전 사회가 되어 버렸어요. 그래서 교수가 학생을 지도하는 것이 아니라 오히려 학생이 교수를 지도하는 세상으로 뒤집어진 것인데, 젊은 사람들이 지능(IQ)이 높아져서 나타난 현상이 아니라 신문명의 주기가 단축되면서 나타난 현상인데 이걸 인정하지 못하는 사람들을 그들은 '현대를 살아가는 원시인'이라고 도외시해요. 즉 세상이 바뀌어도 과거만을 주장하는 사람이 바로 '꼰대'에요."

"그래, 난 이제 꼰대네."

"지난 20년간을 돌이켜 보면 우리나라의 경제, 문화 발전의 동력은 MZ세대였다고 봐야 돼요. 분석해 보면 그들은 단점보다 강점이 훨씬 더 두드러진 것으로 판명되었죠. 그들은 정보사회와 민주사회의 격동기 그리고 신자유주의의 무한경쟁사회를 뚫고 나온 세대로 지금 우리 사회는 이들이 중추세력이 되고 있어요. 이들은 의식뿐 아니라 일하고 노는 방식도 기성세대와는 완전히 달라요. 그러나 이들은 업무처리는 빠르고 정확하기 때문에 기성세대가 따라갈 수 없을 정도로 신형무기로 무장을 했으니 그 역량을 인정받게 된거죠. 초역전은 그야말로 세상이 뒤집어진 것이니 세상이 빠르게 변하는 것을 알아야 해요. 산업혁명은 300여 년 지속되었지만 정보혁명은 30여 년에 불과했어요. 지금 우리가 겪고 있는 제4차 산업혁명은 20여 년으로 예상되고 곧이어 나타날 제5차 산업혁명(5G)은 15년 정도로 단축될 것입니다. 지금은 건강백세를 추구하는 시대잖아요. 점점 수명은 늘어나고 신문명 주기는 짧아지니 평생 사는 동안 네 번 다섯 번의 변신을 해야만 될 것 같아요. 기성세대는 컴퓨터가 업무용이지만 이들에게는 생필품이지요. 즉 컴퓨터로 소통하고 놀고 일하는 거죠. 그러한 그들이 군대에 들어갔을 때 기성세대와 한바탕 충돌이 일어났었죠. 군대는 위계질서가 중요한 것인데 입대한 그들에게서 스마트폰을 뺏었다가 난리가 났잖아요. 그들에게 스마트폰은 신체의 일부나 마찬가지인데 그 신체일부를 뜯겼다고 생각하는 MZ세대들이 난리가 나서 결국 군에서도 시대에 뒤떨어진 병영문화를 개선하여 그들이 스마트폰을 사용하도록 허용했어요. 보안, 지나친 게임, 오락 등의 문제보다 순기능이 더 많고 우울증도 감소했다고 합니다. 그들은 속박을 하면 견디지 못하는데 스마트폰 사용으로 심리적인 위축에서 벗어나 활기를 되찾고 군생활도 잘한다고 합니다."

"그럼 2000년대에 태어난 세대는 무슨 세대라고 하나?"

"MZ세대를 이을 신세대요? 보통 스마트폰이 대중화된 이후에 태어난 세대를 알파세대라고 부르는데 알파세대는 2010년 이후 탄생한 신세대로 세대구성원 전원이 21세기에 출생한 세대를 일컫지요. 이들은 노트북이나 스마트폰이 아니라 새로운 무기인 5G, A1, 빅데이터, 로봇, 드론, 메타버스 등 새로운 기술이 이들의 생활도구고 경쟁무기죠. 이들이 이제 사회로 진출하면 MZ세대는 게임이 안 된다고 보여집니다."

"그럼 40대 중반 이후 기성세대는 어떻게 살아남을 수 있지?"

"이것이 우리 기성세대가 풀어야할 숙제이고 새로 갖추어야할

리더십의 조건이죠. 암튼 지금 세상은 무섭게 변하고 있어요. 늘 긴장해야 살아남을 수 있죠. 아무리 경험이 많은 노인도 내비게이션을 쓰는 청년보다 길을 더 잘 알 수 없는 것과 같지요. 노인 한 분의 경험이 도서관 한 개라는 덕담도 있지만 신세대들은 앉은 자리에서 전세계 도서관 수백 개를 검색하는 세상이죠. 요즘 이런저런 모임에 가보면 이제는 어린 사람을 깍듯이 모시고 하나라도 더 배우려고 노력하는 분들이 많은 것을 흔하게 볼 수 있어요. 이것이 요즈음의 분위기에요. 즉 선배가 후배를 가르치는 기존 멘토링의 반대 개념으로 일반사원이 고위 경영진의 멘토가 되는 리버스 멘토링(Reverse Mentoring) 시대가 된 것이죠."

"그래, 점점 어려워지고 있다는 말이군…. 오늘 동생 말을 자세히 들으니 나는 완전히 한물간 세대여."

"형님, 자책하지 마세요. 지금은 100세 시대예요. 힘내시구요 건강하세요."

"그래, 이제 가볼게. 제수씨한테도 안부전해."

김교수는 한교수의 연구실을 나와서 둑방을 계속 걸었다. 간간이 불어오는 바람이 시원하다. 김교수는 자신도 모르는 사이 진여사를 찾아 날아가고 있었다.

그러던 어느 날 김교수는 진여사로부터 이번 저녁 만찬에 참석해주시면 영광이겠다는 초청을 전화와 SNS를 통해서 받았다.

진여사의 전화를 받는데 얼마나 떨리고 설레는지 그는 "초청해 주셔서 감사합니다. 꼭 참석하겠습니다." 하며 전화를 끊었다.
　진여사의 저택에는 넓은 정원이 있었다.
　봄이면 아름다운 꽃들이 피어 온 집안이 꽃향기로 가득하고 한여름이면 느티나무가 깊은 그늘을 만들어 서늘하고 시원하다.
　늦가을이 되면 그녀는 지인들을 초청하여 정원의 잔디밭에서 푸짐한 만찬을 베풀었다. 진여사 거실에 있는 사진을 보면 그 만찬에 초대된 손님들은 유명 인사들이거나 성공한 예술가로 지적인 부유층들이었다. 잘 가꾼 잔디가 영국풍 정원을 자랑하는 늦은 여름 오후였다. 이번 만찬은 코로나 방역수칙을 지키느라고 겨우 8명만 초대했지만 하나같이 쟁쟁한 인사들이다. 김태호는 그런 멋스러운 자리에 자신이 초대된 것을 무척 영광스럽게 여겼다. 김교수는 진여사의 행동 하나하나를 눈여겨봤다. 진여사는 정확성과 정서적이고 은근한 멋을 지니고 있어 맛과 멋을 조화롭게 누릴 줄 아는 멋쟁이다. 맛은 몸소 체험을 해야 하지만 멋은 풍기는 맵시만 감상해도 흐뭇하다. 그는 박철수가 새삼스럽게 대단한 인물처럼 느껴졌다.
　옛날에는 중학교 동창이던 박철수가 원칙 없이 요령만 터득한 장돌뱅이로 알고 별 볼일 없는 건달로 보았는데 요즈음엔 박철수를 만날 때마다 자신도 모르게 기가 죽어 절로 어깨가 움츠러들곤 했다. 언제부터 박철수가 젊은 유능한 진여사와 그토록 가깝게 지낼 수 있는 건지 마냥 신기하기만 했다.

'사람 팔자는 몰라. 박철수는 나보다 훨씬 능력이 있는 거 같아. 얼굴도 잘생기고 키도 훤칠하고 성품도 좋아서 그런지 확실히 복을 받은 거야.' 하며 그는 혼자 뇌까렸다.

진여사네 집에서 가든파티를 마치고 집으로 돌아가는 길에 박철수가 김교수를 보더니 가까이 오라고 손짓을 했다.

"어이 김교수! 말년에 대박 한 번 터뜨려볼 생각은 없나? 기회는 가기 전에 잡는 거야!"

박철수가 자신감이 넘치는 눈빛으로 김교수를 바라보았다.

"대박이라니? 그게 뭔데?"

"한마디로 진여사 사업에 동참하자는 거지. 요즈음은 돈이 돈 버는 세상 아닌가."

"내가 뭐 돈이 있어야지. 자네도 알다시피 난 평생 교직에만 있던 사람이잖아."

"2~3억 있다며. 그거라도 투자해서 한 5억이라도 벌면 좋잖아? 난 5억 정도 투자하려고. 운 좋게 20억 벌면 손을 떼야지. 좋은 기회이니 김교수 이번 기회에 나랑 함께 진여사 사업에 동참하자고."

"그래? 구체적으로 그게 무슨 사업인데?"

김교수는 두 눈을 반짝이면서 호기심을 잔뜩 드러냈다.

"글쎄 나도 정확하게는 모르는데, 주식이라고 하더라고. 지금은 코로나 시대잖아. 백신과 치료제를 개발하는 외국회사에 투자하는 거래. 아직은 기밀사항이라 노골적으로 말할 수는 없다고 하면서 나보고 좋은 기회니 투자하면 아마 적어도 10배 정도는 오를 거라고 했어."

"그래? 틀림없는 정보지?"

"그렇다니까. 주식은 따끈한 정보로 승부를 보는 거야. 큰손들이 정보를 빼내야 돈을 벌 수 있어. 그렇지 않으면 개미들은 늘 허당이야. 개미핥기에게 무조건 당하는 거니까."

김교수는 박철수의 말에 마음이 조급해졌다.

"그럼 돈을 준비할게. 지금 내가 갖고 있는 돈은 2억 5천인데 5천만 원은 아무래도 비상금으로 필요할 것 같으니까 내일 점심시간에 2억을 가지고 나올게."

"김교수는 매월 연금이 나오잖아. 그러니 비상금까지 몽땅 털어서 가지고 나와."

"그래 그럴까?"

그는 다음날 비상금까지 몽땅 털어서 친구 박철수에게 2억 5천을 맡겼다. 진여사가 직접 전화까지 했다.

"염려하지 마세요. 조금만 기다리면 좋은 일이 있을 거예요."

차분하면서도 또랑또랑한 그녀의 목소리에 안심이 됐다. 진여사의 목소리를 들으니 행복하기까지 했다. 그는 머지않아 진여사가 추천한 주식이 주가 폭등으로 이어지면 자신도 멋진 제2

의 인생을 살게 될 것이라는 확신까지 들었다. 요즈음은 코로나로 집콕하느라고 집에 있어서 그렇지 새로운 도전에 나서는 시니어층의 변모하는 의식을 보면 '100세 시대'가 성큼 다가온 듯하다. 2018년 기준으로 한국인의 평균수명은 남자 79세 여자 85세이다. 나날이 발전하는 의학기술과 복지확충을 감안하면 이 수치는 날이 갈수록 늘어날 것이다. 그렇다면 사랑에만 나이가 없는 게 아니고 일에도 자아계발에도 나이 제한은 없다. 어쨌든 간에 100세를 산다면 그 긴 시간 동안 열정과 에너지를 집중할 대상을 찾지 못한다면 그야말로 큰일이다. 앞으로 하고 싶었던 일이나 여가를 즐기기 위해서는 이번 일은 아주 잘한 것 같다. 앞으로 제2의 성공적인 인생을 살아가기 위해서는 정신적이고 육체적인 젊음을 유지하기 위해서 호기심을 일으킬 수 있는 대상을 찾아 다시 한 번 일에 몰두하며 적극적으로 즐거운 시간을 보내야겠다고 그는 마음먹었다.

진여사의 사인이 들어간 확인증과 명함까지 받아두었으니 혹시 일이 제대로 풀리지 않아도 본전은 회수할 수 있을 거니까 크게 염려하지 않고 기다리면 된다.

'그래. 박철수는 복인이야. 친구 덕에 덩(가마) 한 번 타는 거여.'

그는 손해 볼 일 없는 완벽한 투자를 하게 된 것을 기쁘게 생각했다.

그날 밤 김교수는 진여사와 함께 어느 정원을 산책하는 꿈을 꾸었다. 어디서 날아왔는지 파랑새 한 마리가 진여사의 머리 위를 빙빙 돌더니 무지개를 크게 그리며 서쪽 하늘로 날아간다. 그 서쪽 하늘가에는 언제 와 있었는지 박철수가 서 있었다. 그는 꿈을 꾸고 나서 '이 꿈이 무엇을 암시하지….' 하며 고개를 갸우뚱했지만 신경을 쓰지는 않았다.

달콤한 꿈

　김교수는 요즈음 매일매일 꿈속에서 사는 느낌이다. 그는 자신에게도 기회가 왔다는 생각이 들었다. 진여사를 영원한 사랑의 아이콘으로 만들고 싶은 욕망에 빠졌다. 그는 아내와 사별한 후 외로움 속에서 애정결핍으로 마음이 공허한 것 같다. 사실 그는 오랫동안 외로움을 견디며 사랑과 관심을 기대하며 지내온 것이다. 이제 그에게 집착증이 찾아온 것이다. 그는 하루에 한 번 꼴로 박철수와 커피를 마시거나 점심을 함께했다.
　그럴 때면 수억을 단시간에 벌 수도 있다는 기대감에 심장이 두근거리고 설렜다. 그는 자기가 투자한 회사가 망하지만 않으면 장기적으로 볼 때 주식의 가치는 상승할 수밖에 없다고 스스로 판단했다. 전문 투자가인 진여사의 뒤를 따라가는 거는 그에게도 틀림없이 큰 운이 온 거라고 스스로 격려하면서 어쩌면 열배도 벌 수 있을 거야. 그는 계속하여 신선하고 달콤한 꿈만 꾸었다.

그는 욕심이 커지자 아파트를 담보로 해서 3억을 빌린 후 2억 5천도 박철수를 통해 진여사에게 건네줬다.

"이번 투자는 내가 잘한 게 맞나? 암튼 이 투자 오로지 친구인 자네를 믿고 했으니까 그리 알아. 덕분에 큰 돈 좀 만지게 생겼네. 그때는 해외여행도 가고 차도 좋은 거로 바꿔야지."

"당연히 그래야지. 김교수는 운이 좋은 사람이여."

"그때 우리 셋이서 함께 세계일주 한 번 신나게 해보자구."

김교수가 커피를 마시며 신이 나서 들뜬 목소리로 말하자 박철수는 맞장구를 쳤다.

"좋아. 당연히 그래야지."

꿈이라는 것이 깨고 나면 허상인 걸 그는 아직 알지 못한다. 어느덧 바람도 선선하고 하늘에는 뭉게구름이 한가롭게 떠다닌다.

오랜만에 양순직 교수에게서 전화(H.P)가 왔다. 양교수는 같은 대학동문으로 사학과 교수였다. 양교수와는 교수 시절부터 아주 친하게 지내며 아내가 살아있을 때 부부동반으로 제주도에도 3박 4일 일정으로 함께 여행을 다녀온 절친이다. 그들은 은퇴 후에도 거의 한 달에 한 번꼴로 자주 만나고 있다.

"김교수 그동안 어떻게 지내고 있나? 코로나19 때문에 마음대로 밖에도 못나가고 마음 놓고 누구와도 만날 수 없어서 얼마나 답답해. 내일 시간 있지? 우리 오랜만에 점심이나 함께하자구. 어떤가?"

"좋아. 그러자구."

다음날 김교수는 양교수와 자주 가던 음식점으로 약속시간 15분 전에 나갔다. 5분쯤 있으려니 양교수가 들어왔다. 양교수와는 코로나 팬데믹 이후 거의 1년 만이다. 반가움에 악수를 하려고 손을 내밀다 주먹 쥔 손등으로 서로 부딪쳤다. 코로나 이후 새로운 인사법이다.

코로나19는 2019년 12월 30일 중국 우한 시장에서 발생했다. 이 바이러스에 의사 리원량이 기침과 고열 호흡곤란으로 양성반응을 보이다가 사망한 이후 우리나라와 온 세상을 불안과 공포 속에 휩싸이게 했다. 사람들의 생명을 무참히 앗아가는 사태로 코로나19는 이곳저곳에서 극심한 경계대상이다. 방역도 아주 철저하다. 음식점에 들어오는 모든 손님은 열 체크를 하고 실내에서는 항상 마스크를 착용하고 손 씻기, 알코올 소독, 사회적 거리두기, 백신 1, 2차 접종체크 등 하나하나 일일이 체크하며 한 테이블에 의자 4개만 띄엄띄엄 놓여있다. 어찌나 썰렁한지 기분이 찜찜하다.

식사 후 담소를 나누는데 마스크를 쓰라고 여종업원이 주의를 준다. 음식점을 나와 커피숍에 들렀다. 이곳에서도 방역이 철저하다. 커피숍 탁자와 의자는 전부 볼썽사납게 쌓아두었다.

얼마 전까지만 해도 고급집기에 품격 있는 분위기를 자아내던 장소다. 지금은 어떤 사건이 일어난 장소를 보존이라도 하려는 듯 노란 띠를 둘러놓았다. 섬뜩하고 온몸에 으스스 소름이 돋았다. 사람이 많이 모이는 곳과 시설은 당분간 폐쇄한다니 코로나 시대에 평생 경험하지 못한 진기한 일들을 겪고 있다.

  사회적 거리두기 성과로 K방역이 잘되어 간다는 것이 이런 것인가 하니 섬뜩하고 오싹하다.

  김교수는 양교수와 커피숍에서 커피 두 잔을 사들고 지하철 입구에 있는 나무로 된 긴 의자에 앉아서 이런저런 이야기를 하다가 분위기상 코로나가 잠잠해지면 '다시보자'고 하며 헤어져 곧장 집으로 돌아왔다. 집에 오자마자 손을 씻고 양치질을 했다. 이제는 코로나19 때문에 친한 친구와 밥 한 끼 나누면서 이야기할 수 있는 행복한 시간도 빼앗겨버렸고 커피 한 잔도 마음 놓고 마실 수 없는 세상이 되었다.

  김교수는 난생처음으로 이렇게 집에서만 머무는 시간이 늘어나니 무료하고 답답하기 짝이 없다. 그는 무료한 시간을 벗어나기 위해서 TV를 켜놓고 외로움을 달래보지만 지루하고 따분한 시간 속에서 때때로 짜증이 난다. '이럴 때 아내가 있었으면 얼마나 좋았을까?' 5년 전 폐렴으로 떠난 아내의 얼굴이 떠오른다. 그녀에 대한 그리움과 미안함으로 가슴이 뭉클해진다. 그동안 아내가 꼼꼼히 살림하면서 근검절약했기에 지금의 아파트도 있고 아무 근심걱정 안하면서 살아갈 수 있다는 생각이 불현듯 떠오르니 눈시울이 뜨겁다. 아내는 시집온 이후 남편과 자식만을 위해 살다가 갔다.

'여보 고마워 그리고 미안해….' 그는 한동안 아무 말도 할 수 없었다.

며칠이 지난 어느 날 저녁식사를 대접하고 싶다며 진여사가 그녀의 저택으로 김교수를 초대했다. 그날은 그곳에 진여사만 있었다. 김교수는 왠지 모르게 자신이 흥분되고 있음을 느꼈다.

"오늘 박사장은 안 오나요?"

"좀 늦는다고 했어요. 이따 오겠죠."

한 시간 후 박철수가 도착했다.

"어찌나 차가 막히는지 늦어서 미안합니다."

박철수가 도착하자 만찬이 시작되었다. 만찬이 시작되기 전 포도주 시식이 시작되고 진여사로부터 와인잔을 받아 우선 목안을 축였다. 입안에서 느껴지는 향이 감미롭고 풍미가 있다. '얼마 만에 마셔보는 꼬냑(꼬냑은 프랑스의 코냐크 지방에서 생산되는 포도주를 원료로 한 브랜디라고 하는데 요즈음 주로 '브랜디=꼬냑'이라고 한다. '브랜드=브랜디 와인'의 줄임말이다)이냐' 김교수는 감격하여 말문이 막혔다.

"이 꼬냑 XO(XO의 숙성년도는 15~40년 숙성 알코올도수 40% 생산자 Camus 가격대 25+)는 값도 대단하지만 와인의 품성을 그대로 농

축시킨 것으로 오랜 숙성기간 동안 오크통에서 우러나는 원숙한 향을 더한 것으로 술의 제왕이라고 할 수 있는 거죠?"

"역시 김교수님은 아주 잘 알고 계시네요. 사실은 우리 집에 발렌타인 21년산도 있지만 오늘은 특별히 김교수님을 위해서 오랫동안 아끼고 보관했던 헤네시 꼬냑 XO 700㎖를 내놓았어요. 이 꼬냑은 향이 깊고 강하고 맛은 진하고 그 여운이 오래가는데 숙성이 오래될수록 빛깔이 진하고 아름다운 최고급 술이에요. 부드럽고 깊은 맛이 나는 이 꼬냑은 제가 오래전에 존경하는 분으로부터 선물 받은 것인데 아까워서 마시지 않고 보관해 왔는데 오늘 김교수님을 위해서 내놓았으니 기분 좋게 드세요."

"아유, 정말 감사합니다. 진여사님께서 그토록 오랫동안 아끼고 보관해오던 보석 같은 꼬냑을 대접해주시니 무슨 말씀을 드려야 할지 말문이 막힙니다. 맥주에 비해서 와인이 비싼 것처럼 브랜디 역시 위스키보다 값이 비싸죠. 사실 서양에서도 프랑스 꼬냑은 너무 비싸서 식사 코스가 완전히 끝나고 난 후 소화를 돕고 혈중콜레스테롤을 낮춘다고 해서 한 잔 정도 마시는 것 아니겠어요. 저도 독일에서 박사학위를 받고 담당교수님하고 만찬하면서 마신 후 오늘 처음인 것 같습니다. 진여사님 오늘 이렇게 융숭하게 대접해주셔서 감사합니다."

전채요리가 나오고 스프가 나왔다. 입에 녹아든다. 가금류가 나오고 스테이크가 나왔다. 송아지고기다. 어쩜 이렇게 최고급으로 준비해서 내놓을 수가 있을까…. 김교수는 황홀경에 빠진 느낌이다. 김교수는 진여사와 잡담을 즐기며 꼬냑 한 병을 완전히 비웠다.

진여사는 장밋빛 미래를 그리며 말했다.

"이번에 만약 대박이 나게 되면 요트를 한 척 사서 한 달 정도 바다를 누비며 여행하면 좋겠는데, 김교수님은 어떠세요?"

"아 그럼 좋지요. 진여사님께서 초청해 주신다면 저는 어디든지 달려갈 겁니다. 우리 셋이서 함께 가면 한 달도 알지 못하는 사이 훌쩍 가버리겠죠? 암튼 생각만 해도 즐겁습니다."

진여사는 미소 띤 얼굴로 정감 있는 시선을 김교수에게 보냈다. 박철수도 빙그레 웃었다.

"좋아요! 대박나면 우리 함께 요트 여행이나 갑시다. 인생이 뭐 별거 있나요? 신나고 행복하면 되는 거죠."

그녀는 분위기를 띄우기 위해서 "김교수님 노래 한 곡 불러주실 수 있어요?"

"노래를 잘하지는 못하지만 진여사님이 원하시니까 한 곡 부르겠습니다."

김교수는 목소리를 가다듬었다.

"사랑해, 당신을. 정말로 사랑해…."

그녀가 무척 좋아하는 것 같아 그는 너무 기뻐서 자신도 모르게 코끝이 찡하고 눈물까지 글썽였다.

진여사는 힘차게 박수를 치더니 "제 잔 한 잔 받으세요?" 하면서 새 포도주 한 병을 가지고 와서 포도주를 권한다. 김교수도 진여사에게 한 잔 권했다.

그런데 그날따라 밖에는 비가 오기 시작하고 있었다. 분위기가 무르익어 가는데 박철수가 "지금 밖에는 비가 많이 오는데 너무 늦으면 가기가 어려우니 오늘은 이쯤에서 끝내자."고 한다.

김교수는 아쉬움을 남긴 채 집으로 돌아왔다. 그는 옷도 벗지 않은 채 거실을 몇 번이고 왔다 갔다 했다. 머릿속에는 온통 진여사에 대한 생각뿐이었다. 한여름 밤에 꿈을 꾸듯 진여사와의 환상적인 사랑을 꿈꾸었다.

한밤중이었다. 유리창으로 비가 들이치는 소리가 들렸다. 술도 깨고 잠도 완전히 달아났다. 그러나 진여사가 '요트를 사면 함께 여행을 하면 어떠냐'고 하던 말이 귓가에 계속 맴돌았다.

그는 자신이 그린 인물화를 다시 한 번 쳐다보았다. '틀림없어. 아마도 나와 진여사는 전생에 깊은 인연이 있나봐. 우리 만남은 어쩌면 운명일 수도 있어. 이제 나도 팔자가 활짝 피는 거야. 내 사주팔자(四柱八字)도 괜찮으니까.' 하며 혼자 중얼거렸다.

'사주팔자'란 사주라고도 하고 팔자라고도 하는데 사주(四柱)는 네 개의 기둥이란 뜻으로 한 사람의 생년, 생월, 생일, 생시의 네 개의 기둥으로 운명을 해석한다는 말이다.

운명(運命)이란 '운'은 사주를 말하는데 사주가 때에 따라 움직이는 것(변화하는 것)을 말하고 '명'은 운명이 주어졌음을 뜻한다.
　따라서 시의 적절하게 운명에 맞추어 사는 삶이 지천명(知天命)하는 삶이다. 그는 마침내 그림을 꼬옥 껴안고 입맞춤을 했다. 마치 진여사와 깊은 밀애를 나누는 심정이었다. 몸속 세포가 일제히 일어서며 이때까지 느끼지 못했던 충동까지도 일어난다. 참으로 그것은 은퇴 후에 찾아온 황혼의 희락이라고 여겼다. 온통 세상이 모두 보석처럼 빛나고 아름답게만 보이는 밤이었다.
　'지금 내가 혼자 한바탕 꿈을 꾸는 것은 아니겠지….'
　그는 끝없는 욕망에 사로잡혀 오로지 진여사와의 사랑과 부에 대한 동경으로 제2의 인생에 대해 달콤한 꿈만 꾸었다.

　며칠이 지났다. 날씨도 청명한데 바람까지 살랑살랑 불어와 무언가 좋은 일이 있을 것 같은 날이었다.
　진여사한테 전화가 왔다.
　"오늘 저녁 특별한 일이 없으면 우리 집에서 저녁하면 어때요?"
　"네, 감사합니다. 그 친구랑 같이 갈까요?"
　"오늘은 긴밀히 할 말이 있어서요. 그냥 혼자 오세요."
　그는 진여사의 전화를 받고 심장이 뛰기 시작했다. '긴밀히 할 말'이 뭘까? 혹시 나한테 사랑을 고백하겠다는 건 아니겠지 하는 생각이 들자 가슴이 두근거리고 설레고 흥분된 맘이 가라앉지를 않는다.

'기회가 왔을 때 잡는다고 오늘이 내 생애를 변화시킬 수 있는 그런 기회가 드디어 온 것이 아닐까?' 그는 흥분된 맘을 진정시키지 못한다.

김교수는 샤워를 하고 그동안 아껴두었던 멋진 슈트를 입고 진여사의 저택으로 갔다. 그날따라 진여사는 더욱 예쁘고 멋져 보였다.

"김교수님, 어서 오세요. 오늘은 아주 멋져 보이세요. 너무 멋있어서 제 가슴이 설레네요."

김교수를 바라보는 그녀의 눈빛은 마치 하나 남은 장작 불꽃같이 이글거리고 있었다. 그녀를 바라보던 김교수는 그 자리에 멈춰 서서 장승같이 진여사만 응시하고 있다.

"김교수님 왜 들어오시지 않고 그렇게 서 계세요? 어서 들어오세요."

"여사님 오늘 이렇게 초대해 주셔서 영광입니다. 여사님은 언제 뵈어도 새로우세요. 오늘은 더 우아하고 아름다우세요."

거실에서 진여사와 함께 허브차를 마시며 덕담을 주고받는데도 그의 가슴은 계속 두근거린다.

"아! 김교수님이 미술을 하셨다고 했던가요? 우리 집에 괜찮은 그림이 몇 점 있는데 저녁식사 하기 전에 한 번 보시겠어요? 제가 아끼는 작품이어요."
"감사합니다."
"이것은 피카소 작품인 「비둘기를 안고 있는 소녀」입니다."
"아! 이게 바로 피카소 작품입니까? 피카소 작품은 몇 점 봤지만 이 작품은 처음 봅니다."
"우리나라에서도 피카소 탄생 140주년을 맞아 특별전을 예술의 전당 한가람미술관 1층에서 올봄에 전시했는데 보셨나요?"
"아뇨, 못 가봤습니다."
"파블로 피카소(1881~1973)는 스페인 태생으로 20세기를 대표하는 입체파 화가이자 조각가인데 피카소가 말하길 라파엘로처럼 그리기 위해서는 4년이 걸렸지만 어린아이처럼 그리기 위해서는 평생을 바쳤다고 했답니다. 이 그림은 1901년에 그린 작품인데 청색톤을 띠고 있어서 대체로 무겁고 우울한 느낌을 주고 있어요. 이 그림을 보세요? 어떠세요? 어린아이인데도 이미 삶과 죽음의 깊이를 표현할 수 있을 만큼 예술적으로 성숙한 모습을 보여주고 있잖아요. 화면 전반에 고독감이 파란 선율처럼 흐르지만 어린 소녀가 가냘프고 부드러운 손으로 비둘기가 다칠세라 조심스럽게 안고 있는 모습이 애틋하고 아름답지요. 상처받은 비둘기를 빨간 입술 가까이에 대고 위로하며 속삭이듯 하는 소녀의 진심어린 애정이 푸른 색조로 묻어나고 있지요. 소재가 어린아이와 새이기 때문일까 주로 죽음과 가난을 그린 청색시대의 다른 그림들은 마음을 무겁게 만드는데 비해 이 그림은 외로워 보일지언정 사랑스러운 느낌입니다. 피카소가 20세 때 그린 그림입니다. 비둘기는 성경 창세기의 「노아의 방주」이야기에 나오죠. 대홍수가 끝난 뒤 노아는 홍수의 범람을 알아보기 위해 비둘기를 날려 보내죠. 귀소본능이 강한 비둘기는 며칠 뒤 감람나무 잎사귀를 입에 물고 돌아왔고, 이를 보고 노아는 대홍수가 끝나고 육지가 모습을 드러내고 있다는 사실을 알게 됩니다. 이때부터 비둘기는 '신과 인간의 화해'라는 긍정적인 이미지를 가지게 되는데 그런 비둘기에게 '평화의 새'라는 상징까지 얹어준 사람이 바로 피카소였습니다. 샤갈(마르크 샤갈 1887. 7 ~1985. 3)에게 있어 소가 그의 고향 러시아를 보여주는 상징이었다면 피카소에게 있어 비둘기는 그가 갈망하는 '자유와 평화'의 상징이었죠. 이 그림은 비둘기 그림을 잘 그렸던 화가인 아버지 곁에서 그가 처음 시작한 그림이기도 합니다. 피카소가 살았던 고향 스페인 말라가에는 비둘기가 많았는데 그에게 비둘기는 어릴 적 뛰놀던 고향이었죠. 피카소는 비둘기를 사랑한 나머지 그의 딸 이름을 스페인어로 비둘기를 뜻하는 팔로마(paloma)라고 짓기도 했다고 해요. 이 그림은 최근까지 영국 웨일스의 아베콘웨이 가문이 소유했던 그림인데 2012년 경매를 통해서 5천만 파운드(약 890억원)에 카타르의 한 갑부에게 팔렸습니다.

제가 현재 갖고 있는 이 그림은 애석하게도 진품이 아닌 복제품인데 제가 무척 아낍니다."

"아, 그러세요. 암튼 여사님은 제가 생각하고 있는 것보다도 훨씬 더 대단하시네요."

"과찬이세요."

"아니, 정말입니다."

"여기 이 그림은 네덜란드 출생의 헤라르트테르 보르흐(1617.12~1681.12)의 「책 읽는 남자」인데 어때요?"

"예, 좋아 보이는 데요."

"독서는 건전하고 생산적인 취미활동이잖아요. 전철 안에서 책을 읽고 있는 노신사를 보면 왠지 호감이 가고 존경스러워 보이기도 해요. 김교수님! 교수님은 요즈음 한 달에 책을 몇 권씩 읽으세요?"

"전에는 직업이 교수니까 책을 많이 읽었었죠. 그러나 이상하게도 올해는 책을 제대로 읽지 못하고 있어요. 코로나가 왔을 때는 그래도 차분하게 책을 읽었는데 코로나가 오래 가다 보니까 왠지 갇혀있는 느낌이 들어 답답하니까 오히려 책에 집중이 안 되네요."

잠시 침묵이 흘렀다.

"김교수님은 화실에서 주로 어떤 그림을 그리셨어요?"

"저는 처음에는 인물화를 그렸는데 가끔 나가서 풍경화도 그렸지요."

"네, 인물화는 표정 하나하나에 감정을 깃들여서 그려야죠. 그런데 풍경화는 인물화보다는 그 특성과 위치를 빛에 따라 구도를 잡아야 하니까 색채가 중요하죠. 그래도 다양성이 있죠? 야외 스케치를 나가기도 하셨겠네요?"

"아, 네. 퇴직하고 아내가 병으로 떠나고 나서 한 2년간은 손에 일이 잡히지 않아서 친구들과 산에도 가고 국내여행도 하며 지내다가, 옛날부터 그리고 싶던 그림이나 그려볼까 하고 어느 날 미술교실에 등록하고 한 2년간 다닌 것이 전부예요. 그냥 기본 정도죠. 나이 먹어 집중하는 것이 쉽지가 않더군요."

"김교수님. 이 그림 아시죠. 프랑스의 인상파 모네의「수련」이에요."

"네, 이 수련은 알겠네요."

"프랑스 인상파의 거장으로 유명한 클로드 모네(1840~1926)의 대표작인「수련」은 모네가 제1차 세계대전의 전사들을 추모하기 위해서 제작한 생애에 마지막 작품으로 자연에 대한 우주적인 시선을 보여준 위대한 걸작품이죠. 20세기 근대회화의 아버지 폴 세잔(paul cezanne 1839~1906)은 빛의 변화에 민감하게 반응하는 모네의 능력에 감탄하며 '모네는 신의 눈을 가진 유일한 인간'이라는 유명한 말을 남기기도 했습니다. 이 작품은 파리의 튈르리 정원에 있는 오랑주리 미술관에 있죠. 이「수련」을 보면 빛은 곧 색채라는 인상주의 원칙을 지킨 작가로써 동일한 사물이 빛에 따라 어떻게 변화하는지를 잘 보여준 최고의 작품입니다."

"정말 대단하네요."

"이 그림은 어때요? 웅장하고 장엄한 자연풍경을 잘 담아냈지요."

"아! 대단하네요. 혹시 미국의 나이아가라 폭포 아니예요?"

"맞아요. 이 그림은 토마스 콜(1801~1848)의 작품인데 그는 영국에서 태어나 17세에 가족과 함께 미국으로 이주한 작가인데 그는 웅장하고 장엄한 미국의 자연 풍경에 압도되어 많은 풍경화를 그렸어요. 「멀리서 본 나이아가라 폭포(1835작)」인데 이상화된 구도에 사실적인 세부묘사를 더해 낭만적 사실주의라는 새로운 미술 양식을 만들어냈죠."

"여사님! 여사님은 미술을 부전공으로 하셨나요? 어쩌면 그리도 미술에 조예가 깊으세요. 전공은 경영학이라고 하셨던 거 같은데…. 인문학, 예술 다방면으로 재능이 뛰어나신 거 같아요. 암튼 존경스럽습니다."

"저두 미술학원엘 한 3년 다녔었어요. 그러면서 미술 전시회가 열리면 열심히 찾아 다녔죠. 그러는 동안에 눈이 좀 생긴 거 같아요. 이 그림 보신 적 있으세요? 이 그림은 「시바여왕의 승선 하는 항구(1648작)」인데 프랑스의 화가이며 판화가인 클로드

로랭(1600~1682)의 작품인 이 풍경화는 보시는 바와 같이 자연의 고전적인 경관과 빛의 숭고한 효과로 시바여왕의 승선을 준비하는 장면보다 오히려 항구의 멋진 풍경이 주제가 되고 있습니다. 성경의 「열왕기」에 기록되어 있듯이 시바의 여왕이 예루살렘의 솔로몬 왕을 방문하기 위해 막 떠나려는 장면을 묘사했어요. 분홍색 튜닉, 감청색 망토, 황금 왕관을 쓴 금발의 여왕은 돌계단을 내려가고 있지요. 정박한 작은 배는 여왕을 그녀의 선박으로 데려가기 위해 대기 중이지요. 하녀들과 시녀들은 여왕의 긴 옷자락을 붙들고 한 남자는 여왕의 손을 잡고 작은 배에 오르는 것을 도와주고 있죠. 이 얼마나 웅장하고 대단합니까. 현재 이 그림은 영국 런던 내셔널 갤러리에 소장되어 있습니다."

"아, 네, 모두 대단한 작품이네요. 김여사님 댁에 이런 훌륭한 작품이 있다는 건 몰랐습니다. 오늘 감상을 정말 잘했습니다. 감사합니다. 여사님께서 어찌나 해설을 잘 하시는지 큐레이터 전공자 같으세요. 담번에는 여사님이 직접 그린 그림을 보여주세요."

"그럼 다음번에 시간 있을 때 언제 한 번 보여드리지요. 벌써 시간이 너무 많이 갔네요. 시장하시겠어요? 손 씻고 오세요. 저녁 식사 하셔야죠?"

김교수는 손을 씻고 식탁으로 왔다.

저녁식사는 풍성하지는 않았지만 맛깔스럽고 입맛에 맞는 한식이라 기분이 좋았다. 거기에는 향이 좋은 붉은 포도주가 놓여 있었다. 그는 진여사와 담소를 즐기며 음식들을 맛있게 먹었다. 그는 기분이 너무 좋아 말을 실수할까봐 조마조마했지만 술기운이 은근히 돌자 용기가 생겼다.
"진여사님 한 가지만 물어봐도 되겠습니까?"
"그러세요. 말씀해 보세요."
"진여사님은 계속 혼자 사실 거예요? 아님 맘에 맞는 사람이 나오면 결혼을 재고하실 의향은 없으신지요? 꼭 한 번 직접 물어보고 싶었습니다."
"호호, 아직은요. 우리 자리를 옮길까요?"
"그러죠."
그들은 얼마 후 자리를 거실로 옮겼다.
"진여사님, 전에는 제 노래를 들으시고 여사님께서는 안 부르셨지요? 오늘은 저를 위해서 한 곡 불러주세요?"
"저는 노래를 부르면 가끔 우는 버릇이 있어요? 제가 혹 노래를 부르다가 울어도 놀라지 마세요."
"오 데니 보이, 네 피리소리 들린 산골짝마다 울려나오고 여름은 가고 꽃은 떨어지니…."
눈물나게 아름다운 노래. '아! 목동아'다. 김교수는 '아! 목동아'를 듣는 동안 눈시울이 뜨거워짐을 느꼈다.

정말 가수 뺨치게 부른다.

김교수는 진여사의 노래에 금방 흠뻑 빠져들고 말았다. 노래를 부르며 수시로 그에게 눈길을 주고 살포시 웃고 있는 진여사를 바라보니 그는 너무나 온몸이 짜릿했다.

김교수는 누군가로부터 관심을 받고 정을 느낀다는 것이 이토록 황홀할 줄은 전혀 몰랐다.

김교수도 답창으로 유행가를 부르면서 그녀를 넌지시 바라봤다. 정감 넘치는 눈빛으로 요염하게 웃음 짓는 진여사를 보니 그는 온몸이 뜨거워져서 힘이 들었다. 주거니 받거니 포도주를 세 병이나 마셨다.

술기운이 막 올라와 너무 어지럽다며 진여사가 그의 곁으로 슬며시 쓰러진다. 그는 휘청거리는 그녀를 양손으로 부축하는데 그만 그녀의 가슴에 손바닥이 닿고 말았다. 물컹하면서도 부드러운 촉감이 말초신경을 타고 그의 전신으로 파고들었다. 너무나 오랜만에 느껴보는 농익은 여성의 향기가 코끝을 확 스친다. 젊은 시절 아내의 몸에서 풍겨 나온 향과 흡사한 내음이었다. 그녀는 거의 의식을 잃은 것 같았다. 아무도 없는 집에서 진여사가 자신의 품에 안겨있다는 사실이 그의 육신을 자극하고 있었다.

그는 더 이상 욕망을 억제하기 어려워 자신도 모르게 그녀의 입술을 가만히 흡입하고 있었다. 그의 입술 사이로 들어온 부드럽고 매혹적인 혀가 입안을 통해 대뇌로 퍼져나갔다. 야들야들하고 촉촉한 향기는 그의 대뇌를 격하게 흥분시켰다. 그녀도 그의 허벅지 안쪽을 손으로 만지며 진하게 유혹했다. 그는 흥분됐지만 '이건 아니다' 하며 중얼거리는데 그녀가 그를 꼬옥 껴안는다. 그는 "그래 이게 운명이라면 할 수 없다." 하며 옷을 후딱 벗는데 그 순간 박철수가 급하게 거실로 들어왔다. 너무 놀란 김교수가 앉아 있었던 소파에서 오뚝이처럼 벌떡 일어났다.

오늘 온다는 소리가 없었는데 어쩐 일인가? 그가 벌겋게 달아오른 얼굴로 박철수를 어색하게 쳐다봤다. 김교수는 도둑질하다가 들킨 사람처럼 그의 가슴이 벌렁거렸다.

"아! 내가 몇 번이고 진여사한테 전화를 해도 받지 않기에 무슨 일이 있나 싶어서 온 거야."

박철수가 불안한 표정으로 당황하고 있는 김교수를 예리하게 주시했다. 긴 소파에 흐트러진 자세로 누워있는 진여사를 바라보면서 박철수의 얼굴이 창백해졌다. 뭔가 불미스러운 일이 벌어질 뻔한 낌새를 본능적으로 눈치 챈 모양이었다. 김교수는 당황한 목소리로 "미안하네. 내가 잠시 제정신이 아니었던 모양이야! 술김에 큰 실수를 할 뻔했네." 그가 진심어린 목소리로 박철수에게 정중히 사과했다.

"뭐가 미안해? 아무 일도 없었잖아. 혹시 무슨 일이 있어도 난 자네를 끝까지 믿을 거야."

박철수는 아무 일도 아니라는 듯 한마디 던졌다.

정말 아찔한 순간이었다. 김교수는 술김에 말도 안 되는 실수를 한 것이 너무 부끄럽기만 했다.

잠시 침묵의 시간이 흘렀다. 박철수가 진여사의 어깨를 흔들며 방으로 들어가 자라고 깨웠지만 그녀는 상당히 피곤한 모양으로 한두 번 뒤척이더니 그대로 편안한 모습으로 누워 코를 골기 시작했다.

진여사가 곤히 잠든 모습을 바라보던 박철수는 "이제 갑시다." 하며 자리에서 일어났다. 김교수도 그의 뒤를 따라 나와 대리운전을 불러 집으로 돌아왔다. 김교수는 집에 들어오자마자 머릿속이 몽롱해지면서 깊은 잠속으로 빠져들었다.

늦은 장마

아침 늦게 눈을 떴다.

김교수는 뒷골이 쪼개지는 듯한 심한 통증을 느꼈다.

차가운 물 한 잔을 마시고 나서 그는 창밖을 바라봤다. 비가 올 것 같은 날씨다. 그의 마음은 무언가 불안하기 시작했다. 엊저녁까지만 해도 주식투자도 진여사와의 관계도 모든 욕구가 완전히 충족되는 줄 알고 신명이 났었는데…. 신경질이 나고 울화가 치민다. 평생 동안 주식이라고는 한 번도 해본 적이 없는데 막연한 생각으로 큰 수익을 한꺼번에 얻겠다고 덤벼든 것이 무모한 짓인 것만 같아 후회스럽다. 그러나 지금 와서 어찌 하겠는가 참고 기다려야지. 마음을 다독여 봤지만 계속 짜증이 나서 견딜 수가 없다.

그는 어제일로 인해서 혹시 투자에 문제가 생기지 않을까 하는 불안이 그의 마음을 괴롭혔다. 술김에 실수한 것을 되새김질

하면서 그는 가슴을 치고 후회를 거듭했다. 그걸 핑계로 삼아 박철수가 이런저런 심통을 부린다거나 생트집을 잡으며 장난질을 하지나 않을까 걱정이 앞서기도 했다. 사람의 심보는 선한 것 같지만 악하기도 하기 때문에 그의 본심은 알 수가 없다. 오죽하면 가장 가까운 사이인 사촌이 땅을 사면 배가 아프다고 하지 않는가. 특히 경쟁자끼리는 시기와 질투가 많기 때문에 매사를 조심해야 되는데 어제 일은 어쩜 박철수에게 시기심을 유발시킬지도 알 수가 없다.

　김교수는 대학교에서 교수생활을 하는 동안 많은 제자들에게 존경을 받았었고 다른 교수들과 어울려 술자리를 할 때도 추태 한 번 부리지 않았기 때문에 동료교수들로부터 "김교수, 너무 그렇게 초연한 척하지마. 그러다 사리(舍利: 죽어서 화장한 뒤 나오는 구슬모양의 것으로 부처나 성자의 유골을 일컬음) 나오겠다. 사람이란 어울릴 땐 어울릴 줄도 알고 마음이 동(動)하면 실수도 하는 거지. 안 그런가? 어우렁더우렁 살아야지. 너무 그러면 외톨박이가 되는 거야." 하며 여러 면으로 대단하다는 칭찬을 받았는데 이순(耳順)이 넘은 나이에 이제 와서 자신의 욕망을 이기지 못하고 속물 같은 짓을 하다니 이상한 일이었다. 젊은 시절의 욕망은 노년이 된 후에는 사그라지는 법인데 그게 어찌된 일인지 사그라지지 않는다. 그는 요즈음 애정결핍증 환자처럼 진여사를 너무 의식하는 거 같다. 그래서 더욱 괴로움과 고통을 느낀다. 그리고 끝없는 집착과 미로에 빠져든다. 노년이 되면 육신은 늙어가는 데 욕망은 젊은 때나 별반 차이가 없다니 인간의 본성은 배우고 수양한다고 바뀌는 것이 아니라 죽을 때까지도 변하지 않는다는 것을 이제야 깨닫게 되었다. 그리고 타고난 성격도 마찬가지로 변하지 않는다는 사실을 알았다. 그는 최고의 학부를 나와 박사가 되고 교수로써 많은 학생들을 가르치며 60평생을 살아왔는데 그 자신의 내면을 들여다보면 겉으로는 태연한 척 점잖은 척하지만 기쁜 일이든 억울한 일이든 쉽게 흥분하고 하루에도 몇 번씩 갈등의 고비를 넘나든다. 그렇다면 사람이란 누구나 인간욕망의 병리적 현상을 어찌지 못하는 것이 아닌가 스스로 진단해 본다. 그는 깊은 생각에 잠긴다. 욕망이 인간 본능의 병리적 현상이기에 알면서도 욕망을 제어하지 못하고 무의식적으로 하나를 얻으면 그것에 만족하지 못하고 더 큰 하나를 성취하기 위해서 더 큰 욕심을 부리며 끝장을 봐야 멈추게 된다. 그렇기 때문에 자기 자신을 치유할 수가 없다. 즉 유능한 의사가 환자의 병은 진료를 통해서 제대로 진단하고 고쳐주면서 본인의 병에 대해서는 속수무책일 때가 있는 것과 같다고나 할까. 이것이 굉장히 어렵다.

사람은 누구를 막론하고 이 땅에 태어날 때는 아무것도 가진 것이 없이 빈손으로 태어난다. 그리고 저 세상으로 돌아갈 때도 빈손으로 돌아간다. 그런데도 살아 있을 적에는 악착같이 한 푼이라도 더 갖기 위해서 별별 수단을 다 쓴다. 인간의 덧없는 욕심이 얼마나 큰 비극을 초래하는지 그리스 로마 신화의 '이카루스의 날개'에 잘 나타내고 있다. 미궁을 만들었던 다이달로스가 아들 이카루스와 함께 미궁에 갇혀 죽게 되자 다이달로스는 미궁의 작은 창문으로 날아 들어오는 새의 깃털을 날마다 모아 커다란 날개를 만든다. 그리고 자신과 아들의 몸에 밀랍으로 날개를 이어 붙인다. 밀랍은 꿀벌이 집을 만들 때 쓰는 재료로 평소에는 단단하다가 열을 받으면 녹는 성질이 있다. 그들 부자는 미궁 탈출에 성공하여 자유롭게 드높은 하늘을 날았다. 이카루스는 너무나 기쁘고 행복하여 더 멀리 날아가고 싶었다. 그러다가 아버지가 "바다 가까이 가면 습기 때문에 무거워져 떨어지게 되고 반대로 태양 가까이 가면 밀랍이 녹아버려서 죽게 되니 조심하라."는 경고를 잊고 황홀감에 사로잡혀 태양 가까이 날아오르려다가 결국 밀랍이 녹아 바다에 추락하여 최후의 죽음을 맞이하게 된다. 이때부터 '이카루스의 날개'는 인간의 덧없는 욕망을 나타내는 말로 사용되었다. 지나친 욕심을 부리는 것이 얼마나 허무한지 한번쯤 반성할 필요가 있다. 많은 사람들이 끝없는 실수를 반복하면서도 권력에 대한 욕심, 물질에 대한 욕심, 명예에 대한 욕심을 내려놓지 못하고 한 발짝 더 한 발짝 더 올라가려다 추락한다. 아마도 인간의 욕망이란 태생적인 병리적 현상이라 어쩌지 못하는 것이 아닌가 싶다. 다른 사람에 대한 평가는 하면서도 자신은 욕망에 사로잡히면 목적을 이루기 위해 끝까지 움켜쥐고 놓지 못하는 것이 바로 인간이다.

생명을 유지하기 위한 본능적 욕망으로는 식욕, 성욕, 수면욕이 있다. 일상생활을 하면서 기본적인 욕망이 충족되지 못하면 심한 스트레스를 받아 사회생활을 하는데 어려움을 느낀다. 우리는 소소한 것으로부터 큰 것까지 다양한 욕망 속에서 살아간다. 욕망은 때로는 삶의 원동력이 되기도 한다. 인간에게 욕망이 없다면 의욕도 없고 아무것도 성취할 수 없다. 그러기에 종교인은 엄격한 규율로 인한 끊임없는 자기수양이 필요하고 기업인들은 이윤추구와 도덕적 선택 사이에서 끊임없는 딜레마에 시달리고 정치인들은 개인의 욕망과 다양한 집단의 욕망을 조절하는 어려움을 겪는다. 경쟁사회에서는 욕망이 꼭 필요하고 그 욕망을 달성하기 위한 강한 의지와 도전정신이 또한 필요하다. 그러나 자신을 스스로가 다스릴 수 있어야 내실이 있는 멋지고 행복한 인생을 살아낼 수 있다.

김교수는 온종일 자책을 했지만 그 일을 놓고 딱히 뭐라고 변명할 여지가 전혀 없었다. 나이를 먹으면 젊었을 때의 초조와 번뇌를 해탈하고 마음도 가라앉는다고 생각하며 이때까지 그렇게 지내왔는데 여전히 변한 게 없는 것 같아 안타깝다.

이런저런 걱정을 하고 있는데 딸한테서 국제전화가 왔다. 사위가 회사일로 한국에 나오는데 코로나 때문에 방역수칙에 따라

나라에서 정해주는 호텔에서 14일간 자가격리를 하고나서 서울과 부산에서 회사 일을 보고나면 시간상 도저히 김교수를 찾아뵐 수 없다는 내용이다.

"그래? 요즈음 코로나가 지독하니까 조심하고 건강하게 일 잘 보고 잘 가라고 해. 서운하지만 할 수 없지."

다른 때 같으면 딸과 좀 더 길게 외손자, 외손녀도 바꿔달라고 해서 오랫동안 통화를 하는데 오늘은 기분이 별로라 간단히 끝냈다.

올해는 늦은 장마가 올 것 같다는 일기예보다. 태풍은 매년 빠짐없이 한반도를 찾아와 많은 피해를 남기고 갔었다. 홍수 침수 및 철도, 도로, 다리 등의 유실 및 산사태 등 폭풍우에 의한 피해는 물론 강풍으로 간판이나 표지판, 지붕 등이 날아와 인명피해까지 동반하기도 한다. 또한 태풍의 눈 안에 새나 곤충 등이 갇힌 채 이동되어와 해충이나 병균 등이 일시적으로 많이 늘어나 농작물 피해를 주기도 한다. 그동안 우리나라에 큰 인명피해와 재산피해를 남겼던 태풍으로는 1959년 9월 사라, 2003년 9월 매미, 2007년 9월 나리, 2016년 10월 차바다.

태풍은 인류가 겪는 자연재해 중 가장 큰 피해를 준다. 올 장마는 평년보다 열흘에서 2주가량 늦은 셈인데 특히 제주도에서부터 중부지방까지 같은 날 장마가 시작된단다. 제주도에서부터 시작해 전국적으로 확대될 것으로 정체전선과 저기압이 어우러지는 형태로 강한 비구름대가 형성되어 폭우가 내릴 가능성이 높다고 기상청에서 밝혔다. 주말부터 시작된 장마는 과연 얼마나 갈지 궁금하다. 코로나 시기의 장마는 최악의 상황을 유발할 수 있다. 늦은 장마는 긴 장마라고도 하는데 여름장마는 짧게 끝나지만 가을장마가 더 강하고 무섭다고 한다. 가을장마는 8월 말부터 9월말까지 일어나는 장마를 일컬으며 중국 만주쪽으로 올라간 장마전선이 시베리아 고기압과 부딪쳐 한반도를 지날 때 비를 동반하는 기상 현상이다. 한반도에서 언제부터 가을장마가 시작되었는지 정확한 고증자료는 없지만 고려사에 1026년(현종 17년) 가을장마로 인해 민가 80호가 떠내려갔다는 기록이 있다. 1984년 발생한 태풍 홀리는 8월 말부터 9월 2일까지 중부지방과 서울에 큰 홍수피해를 가져와 무려 20여 만 명의 이재민이 발생하고 서울등지에서 사망자만 353명 실종자 93명이 발생한 대수재였다. 속담에 7년 가뭄에는 살아도 석달 장마에는 못산다는 말이 있듯이 장마 피해가 더 무섭다는 말이다. 이것은 가뭄에 의한 재난보다 장마로 인한 재난이 더 무섭다는 비유이다.

온도와 습도가 높아 체력이 떨어지기 쉽기 때문에 건강관리에 더더욱 신경을 써야 한다. 늦은 장마 때에는 특히 여름감기에 조심해야 한다. 또한 장마철에 주의해야 할 것은 첫째는 우울증이다. 둘째는 장트러블인데 장마로 인해 수인성 감염의 발생이 증가되고 장티푸스로 인한 설사와 발열 그리고 살모렐라균의 감염에 주의해야 한다. 셋째는 코로나19의 확산증가를 막기 위하여 비가 올 때는 실내에 머무는 동안 감기나 신종코로나바이러스 감염증(코로나19) 등 전염병이 확산될 가능성이 증가하므로 이때 창문을 닫고 밀폐된 공간에서 에어컨을 켜면 전염병이 확산되기 좋은 조건이 됨으로 위생관리에 더욱 신경을 써야 한다. 그리고 네 번째는 모기에 물리지 않도록 주의해야 한다. 장마철과 장마 이후 습하고 더운 시기에는 모기가 기승을 부리므로 방충망이나 퇴치제를 이용하여 모기의 접근을 막고 장마가 그친 뒤 슬리퍼를 신은 발로 고인 물을 밟게 되면 피부감염에 노출될 우려가 있으므로 주의해야 한다. 본격적으로 시작된 장마에 코로나이슈까지 겹쳐서 집밖으로 나갈 수도 없는 여름이 되어 버렸다.

지난봄부터 창궐한 코로나19라는 괴질이 전 세계에 유행병으로 번져 아직도 기승을 부리고 있다. 온 나라가 생명위기에 그 후유증이 예측 불가한 재앙이라 처음부터 철저히 예방하고 조심해야 한다는 방역수칙에 따라 어린아이로부터 노인에 이르기까지 마스크를 쓰는 것은 물론 '사회적 거리두기' 자발적 혼자로 불안감이 유발되는 위난의 시대에 직면하여 방역 예방과 치료에 집중하는데 엎친 데 덮친 격으로 지각장마와 하절기 특유의 폭우와 폭풍이 또다시 우리들을 위험한 지경으로 몰아넣는다면 정말 쓰나미가 몰려오는 것 같은 폭풍전야가 될 것이다. 하늘이 잔뜩 흐려 비라도 한바탕 쏟아질 모양으로 툭 건드리면 금방 쏟아질 듯한 하늘은 머뭇머뭇 좀처럼 빗방울을 떨구지 못한다.

그러나 마른번개가 허공을 가르고 지나가더니 갑자기 하늘이 컴컴해지며 굵은 빗방울이 한바탕 쫘아악 쫙쫙 쏟아지며 바람까지 세차게 분다. 잔뜩 짜증스럽던 김교수는 맘이 한결 풀린다. 장쾌하게 쏟아지는 빗줄기는 십년 묵은 체증이 내려가는 듯 통쾌하다. 소낙비를 은근히 기대하던 김교수는 신발끈을 매고 우산을 받쳐 쓰고 산에 오른다. 비바람에 우산이 뒤집어졌지만 그는 포기하지 않고 온몸으로 장대비를 견디며 끝까지 산에 올랐다. 바람을 타고 무섭게 퍼붓는 장대비는 바람과 함께 윙윙 소리를 내며 풀포기가 뽑혀서 쓰러진다. 억수같이 퍼붓는 비는 한 치 앞을 분간하기조차 힘들다. 그는 비를 흠뻑 맞아 마치 물에 빠진 족제비 같았다. 어쩜 쫙쫙 퍼붓는 폭우는 가슴 답답하고 미칠 것 같은 김교수에게는 통쾌하기까지 하다. 골짜기에 콸콸 넘치는 홍수는 마치 진군의 나팔과 북이 일제히 둥둥 울리는 것 같아 그동안 꽉 막혔던 가슴이 뻥 뚫린다. 올해는 '인도양 다이폴'의 영향으로 장마가 더욱 기세를 더할 것 같단다. '다이폴'이란 쌍극이라는 뜻으로 인도양 열대수역의 동쪽과 서쪽에서 뚜렷한 해수면의 온도차가 나타나는 것이다. 보통 인도양에서는 동쪽이 수온이 더 높다. 다이폴 모드가 되면 인도양 동부에서 수온이 낮아지고 반대로 인도양의 중앙부와 서쪽의 수온이 상승하게 된다. 인도양 동부의 인도네시아나 오스트레일리아 서부가 가뭄이 발생하고 인도양 서부의 동아프리카에서는 홍수가 일어나게 된다. 더 멀리 동북아시아에서도 이때는 고온(무더위)과 인도양 서쪽에 있는 수온의 상승에 의해 증발이 왕성해진 수증기가 편서풍을 타고 넘어와 강수량이 증가하며 올해 같은 폭우를 동반한다.

꽤 많은 비를 맞았더니 우울했던 마음이 씻기어 갔는지 생기가 돈다.

세계는 지금 코로나19에 대처하기 위해 서둘러 백신과 치료제를 개발한다고 모든 역량을 투입하며 국력을 과시하는 양 온갖 정보를 쏟아내고 있다. 그중 미국과 영국이 심혈을 기울이지만 아직도 이렇다 할 성과는 나오지 않고 있다.

그러나 이럴 때 진여사가 투자한 회사가 코로나 바이러스의 공격을 막아내는 약을 개발하면 그 주가는 예상외로 몇 배가 뛸 것이다. 위기 속에 기회가 있다고, 잘하면 요트여행을 하면서 노년에 풍요로운 삶을 누릴 수 있을지도 모른다는 생각에 어느덧 짜증은 사라지고 그는 자신도 모르게 흥분했다.

'지난밤의 모든 건 단순한 술 때문에 생긴 나의 실수였어. 그때 그렇게 많은 술을 마시지 않았어도 그런 일은 없었을 텐데.'

그는 길게 한숨을 내쉬었다. 서울은 이틀째 내린 폭우로 팔당댐이 수문을 열어 한강물이 넘치고 강물 수위가 높아져 잠수교가 통제되고 한강변을 출입하지 못하게 했다.

 늦게 시작한 장마는 10일이 넘도록 그칠 줄을 모른다. 김교수는 거의 15일 만에 박철수에게 휴대폰으로 전화를 걸었다. 어찌된 일인지 박철수는 전화를 받지 않았다. 온종일 전화를 해봤지만 아무런 응답이 없었다. 혹시나 하는 마음에 진여사에게도 전화를 해봤지만 그녀도 전화를 받지 않는다. 그는 급한 마음에 택시를 타고 진여사의 저택으로 황급히 달려갔다. 정문이 잠겨있다. 정신없이 한 시간 가량 정문을 두드리고 소리를 질러봐도 인기척이 없었다.
 아침에 몇 방울씩 떨어지던 비가 점점 굵어지면서 주룩주룩 내리더니 이제는 하늘에 구멍이 뚫린 듯 폭우가 쫙쫙 쏟아지는데 갑자기 현기증이 나고 하늘이 와르르 무너지는 것만 같았다. 그는 뒷문으로 가서 문을 두드렸다. 한참 만에 문이 열리더니 전에 문을 열어주던 그 아주머니가 나왔다. 그녀는 진여사가 일주일 전에 미국으로 떠났는데 코로나 때문에 아마도 크리스마스 때나 되어야 올 것 같다고 한다.
 순간 그는 '이건 완전한 사기다' 하는 생각에 그만 주저앉고 말았다. 늦은 장마는 그칠 줄 모르고 매일 물벼락과 물폭탄을 쏟아낸다.
 집중폭우로 하룻밤 사이에 지옥과 천국을 넘나드는 사람들이 부지기수다. 어제는 태풍급 강풍에다 천둥번개까지 동반한 장대비가 쫙쫙 쏟아져 그는 뜬눈으로 지내다시피 했다. 미처 빗물이 하수구로 흘러들어가지 못하고 도로에 넘쳐 물바다가 되고 물이 역류해 물난리가 곳곳에서 발생했다. 그는 오히려 콸콸 넘치는 홍수를 보며 통쾌함을 느꼈다.

이렇게 비가 퍼붓는데 그는 아랑곳하지 않고 짜증스러운 마음을 달래기 위해 주룩주룩 쫙쫙 퍼붓는 비를 온몸으로 견디며 걷고 또 걷기 시작했다. 그는 빗물이 넘쳐 차량이 다니지 못하는 중랑천변으로 나갔다. 황토색으로 변해서 넘쳐나는 중랑천의 홍수를 보고 있으니 신기하게도 울화가 치밀던 마음이 오히려 후련하다.

이곳저곳이 전쟁터를 방불케 하는 물난리다. 호우경보가 내리더니 계속해서 물벼락이 쏟아진다. 김교수는 코로나의 역병이 창궐한데 8월 도깨비같이 비까지 흠뻑 젖었지만 답답했던 가슴은 오히려 시원하다. 그는 아무 생각 없이 집에 있는 타이레놀을 두 알 먹고 이불을 뒤집어쓰고 잠을 잤다. 장마철에는 특히 우울증을 조심하라고 했는데 아무래도 그에게 우울증이 심하게 생긴 것 같다.

우울증은 극심한 스트레스와 생활 속에서 실패와 상실의 아픔을 경험했을 때 찾아오는데 그에게는 요즈음 불안장애와 불면증이 찾아와서 잠을 못자고 뜬눈으로 지새는 날이 부지기수다.

거의 끼니를 거르거나 밥맛이 없어서 우유나 빵 한 조각이나 라면을 한두 젓가락 먹는 게 고작이다. 그는 성수동 친구와 양 교수에게 전화를 걸려고 몇 번 시도하다가 그만두고 TV를 틀었지만 신통한 것이 하나도 없다. 점심시간이 훨씬 지났다. 냉장고를 열어봤지만 며칠 전 사다 넣은 열무김치만 덩그러니 있다. 밖에 나가서 뭘 사먹을까 했지만 먹고 싶은 게 없다. 저녁때가 다 됐을 때 여동생한테 전화가 왔다.

"오빠 저예요. 요즈음 장마가 계속되는데 어떻게 지내세요? 별일 없으시죠? 식사는 제때 챙겨 드시고 계신지요? 반찬을 몇 가지 만들어 가지고 올라가야 하는데 비가 너무 퍼부어서 엄두도 못 내고 있어요. 어머니께서 오빠 걱정이 이만저만이 아니세요. 한 번 올라가 보자구 하시는데 그게 맘과 같이 쉽지가 않네요."

"그래 신경써줘서 고맙다. 난 별고없이 잘 지내고 있으니 걱정하지 말아라. 어머니께는 아무 걱정하지 말라고 말씀드려라. 어머니는 건강하시지? 코로나가 좀 잠잠해지면 찾아뵙겠다고 말씀전해라."

"네, 어머니는 건강하시구요. 식사도 잘하고 계세요. 오빠 그럼 건강 조심하고 안녕히 계세요."

"그래 고맙다. 너도 잘 지내 그리고 전서방한테도 안부 전해라."

그래도 걱정해주는 것은 부모형제뿐이다. 그는 정신을 가까스로 가다듬고 커피 한 잔을 마셨다. 그는 혼자 지내는 것은 특별히 신경 쓸 일이 없어서 좋다고 생각하며 이때까지 잘 지냈는데 나이가 드니 면역력이 떨어지고 기력이 노쇠했는지 자신감이 없어지는 것 같고 요즈음에는 주식투자로 신경을 써서 그런지 자신에게 우울증까지 온 것 같다고 여겨진다.

 김교수는 박철수에게 제대로 쓰지도 못한 돈을 몽땅 사기당했다는 생각으로 거의 매일 뜬눈으로 밤을 지새웠다. 그는 그동안 마시지 않던 술을 들기 시작했다.

 아침에는 겨우 컵라면으로 끼니를 때우고 하루에 소주 2~3병을 마시니 몰골이 말이 아니다.

 김교수가 술에 취해서 쓰러져 잠을 자다가 그는 박철수의 전화를 받았다. 지금 코로나 때문에 미국에서도 14일간 자가 격리를 당하느라고 갇혀서 꼼짝하지 못하다가 이제 겨우 오늘부터 일을 볼 수 있어서 제대로 일을 보려면 생각보다 시간이 꽤 걸릴 것 같으니 아무 걱정하지 말고 기다리면 일 끝나는 대로 진 여사랑 들어갈 테니 그리 알라는 전화였다.

 그는 전화를 받는 순간 화가 치밀어 올랐지만 "일을 잘 끝내고 몸조심하고 건강하게 오라."고 했다.

 금쪽같은 5억을 완전히 사기당하는 줄만 알고 전전긍긍 피가 거꾸로 솟았는데 박철수의 전화를 받으니 약간은 안심이 된다.

추석이 지나는데도 박철수에게는 아무런 연락이 없다.

'왜 연락이 없지?' 그는 또다시 발광증이 나기 시작했다.

김교수는 TV를 켜놓고 뉴스를 보면 코로나19의 팬데믹으로 현재 지구촌 곳곳이 난리도 아니다. 올해 누적 사망자수가 7월 현재 100만 명이 넘는다고 한다. 확진자 수는 1천만 명에 육박한다고 한다.

그래서 이번 신종 코로나 바이러스 감염증(코로나19)의 유행은 100년 전 스페인독감의 재림과도 같은 상황이 펼쳐지는 것이 아닌가 하고 미국과 영국 등 선진국에서는 주목하고 있는 것이다. 스페인독감이란 명칭만 보면 스페인에서 시작하여 창궐한 독감으로 오해할 수 있지만 그건 사실과 다르다.

1918년에 처음 발생해 2년 동안 전세계에서 2500만~5000만 명의 목숨을 앗아간 독감을 말한다. 14세기 중기 페스트가 유럽전역을 휩쓸었을 때보다 훨씬 많은 사망자가 발생해 지금까지도 인류최대의 재앙으로 불린다. 기록에 의하면 1918년 3월 미국 시카고가 최초라는 발원설이 있다.(혹 시카고 독감이라고도 한다) 당시 세계 인구는 약 17억 명이었는데 감염자가 약 5억 명에 이르고 사망자는 무려 2천만 명에 이르렀다고 하니 전체인구의 1%가 넘는다고 추정된다. 사망자는 주로 20~40대가 많았다고 한다.

제1차 세계대전 후반부터 종전직후까지인 1918~1920년 사이에 인플루엔자A형 바이러스 변형인 HINI바이러스에 의해 유행한 독감으로 근대 이후 최악의 팬데믹으로 불린다. 그때 중립국인 스페인에서 이 같은 사실을 집중 보도했기 때문에 스페인 독감이라고 부르는 것이다.

그때는 의학이 발달되지 않았기 때문에 자연치유에 역점을 두었지만 지금은 의학의 발달로 백신이 제대로 개발되면 그 효과는 치사율을 대폭 낮추리라고 생각한다.

그러나 아직은 미지수다. 지금 미국과 영국은 자국민 보호를 위하여 방역을 철저히 하느라고 외국인들의 입국을 통제하고 있다고 하는데 박철수와 진여사가 미국으로 가서 머물고 있다면 이제는 한국으로 돌아올 확률이 거의 없는 것이 아닌가.

'도대체 이것들은 지금 어디에 있는 거여. 미국이여, 영국이여. 지난번 박철수에게 일정을 한 번 물어보는 건데 왜 물어보지도 못했지? 그동안 괜히 내가 미쳐서 그랬던 거여.'

김교수는 하루에도 몇 번씩 혼자 중얼거리며 신경질적으로 울화통을 터뜨렸다.

지금 생각하면 완전히 박철수와 진여사가 이미 해외로 도주한 상태였고 이제는 다시 한국으로 돌아오지 않을 거라는 예감이 압도적이었다. 오늘도 잿빛이던 하늘에선 아침부터 쉬지 않고 계속 비를 퍼붓는다. 장마라고 하면 해당 기간 내에 며칠이

나 몇 주 동안 비가 다양한 형태로 이어지는 형식을 연상하기 쉬우나 이런 경우는 드물다. 보통은 시간대에 따라 내리는 집중호우 형식이나 지역대에 집중적으로 비가 내리는 국지적인 형식을 취한다.

북쪽 러시아 지역에 위치한 오호츠크해기단과 오가사와라제도 부근의 북태평양 기단 사이로 뚜렷한 정체전선이 생기면서 장마가 된다. 즉 고온다습한 태평양쪽의 열대성 저기압과 북쪽에서 한반도 상공으로 내려온 한냉전선의 찬 공기가 만나 구름이 형성되어 짧게는 2주정도 길게는 1개월 정도 내린다. 과거 전형적인 장마는 장마전선이 남쪽 제주도부터 북쪽으로 올라오는 것이었다. 장마 자체가 두 개의 기단간의 전선에서 비구름이 생기는 것인데 이것이 바로 장마의 특징이다. 장마는 대체로 남쪽에서 비를 뿌리면서 서울로 올라올 때쯤 세력이 약화되지만 이 근자에는 기후변화로 수도권의 호우일수는 과거보다 2~3배 더 강하다. 여름철 몬순 순환에 의해 많은 수증기가 보급되면 우리나라 등 동남아지역의 장마기간은 단시간에 집중호우를 만들어 내는데 집중호우는 지구온난화에서 비롯한 여름 몬순의 생애주기가 뚜렷해지면서 생긴 현상이라고 한다.

계속 쏟아지는 장대비는 급기야 홍수를 이룬다. 홍수는 그의 짜증스런 맘을 씻기는 것 같다. 처마의 낙숫물도 폭포가 쏟아지는 듯 신나게 퍼붓는다. 한바탕 쫙쫙 퍼붓는 비를 바라보니 통쾌하고 시원하다. 이런 폭우는 난생처음인 것 같다. 오전에 노드리듯 퍼붓던 비는 오후가 되니 약간 잦아드는 거 같다. 그는 집에 있기가 너무 답답하여 길을 나섰다. 아파트 정문 앞을 나서는데 빗줄기가 다시 굵어지기 시작하더니 천둥 번개까지 동반하며 강하고 세찬 비가 내린다. 이런 폭풍우 속을 뚫고 산에 간다니 누가 보면 꼭 제정신이 아닌 게 틀림없어 보인다. 그는 산꼭대기에 올라 몇 번인가 그 자리를 맴돌았다. 이제는 빗줄기가 제법 차다. 체온이 내려간 탓인지 등줄기에서는 찬 기운이 스며들면서 온몸이 바들바들 떨려왔다. 요란한 바람소리가 나는가 싶더니 얼굴을 매섭게 때리는 굵은 빗줄기가 사정없이 휘몰아쳤다. 강풍을 동반한 폭우다. 그냥 산꼭대기에서 장승처럼 우뚝 서 있으니 다리가 중심을 잃고 후들거렸다.

'내가 미쳤다. 그래 내가 미친 거야. 이 바보 같은 놈! 그래, 그러고도 네가 교수라고…. 네가 오죽 바보 같으면 장돌뱅이 같은 거한테 다 당하냐…. 그러고도 이때까지 세상을 다 아는 척 잘난 척하면서 살아온 거야… 이 바보야.'

그는 목소리를 가다듬고 소리를 고래고래 지르기 시작했다.

"야! 이것들아. 지금 너희들 어디 있어. 빨리 돌아와!" 하며 격하게 목이 터질 듯 악을 써 봐도 뭔가에 눌려있는 듯 이제는 목소리조차도 제대로 나오지 않는다.

그는 마른기침을 계속 삼키면서 몸을 벌벌 떨었다. 거금의 돈이 한순간에 날아갔다는 생각이 들자 다리마저 저절로 후들거리고 머릿속은 별안간 깜깜해져서 그만 주저앉고 말았다. 그는 한참만에야 휘청거리는 다리를 겨우 달래가며 힘겹게 내려왔다.

몸이 으슬으슬 떨리고 기운이 없다. 그는 집에 오자마자 따뜻한 물을 두 컵이나 벌컥벌컥 들이마셨다. 몸이 따뜻해지더니 피곤이 몰려온다. 그는 정신없이 곯아 떨어져 잠을 잤다. 자고나니 분기가 좀 가라앉는 듯했다.

서재에서 이 책 저 책을 뒤적이다가 진여사와 닮은 초상화를 보는 순간 신경질이 나고 화가 머리끝까지 치밀어 올랐다. 그는 초상화를 방바닥에 팽개치고는 발로 밟기 시작했다. 이번 일은 순전히 이 초상화 때문에 시작된 거여….

'그동안 나는 한바탕 꿈을 꾼 게 틀림없어. 너무나 허황된 꿈을 꾸면서 앞뒤를 헤아리지 못하고 탐욕에 빠져서 끝내는 파멸을 가져오는 거야' 하는 생각이 들자 그는 말할 수 없는 분노와 허무함이 몰려든다. 억압된 욕망에 대한 좌절은 끝없는 고통이다.

이 모든 사실을 어머님이 아신다면 무슨 낯으로 대하지. 그리고 나를 아는 사람들이 나를 뭐라고 할까. 60이 넘은 은퇴한 교수가 망령이 들어서 뒤늦게 미친 짓을 했다고 비웃고 손가락질을 하면 변명할 여지도 없다. 부(富)에 대한 동경과 애증이 엇갈린 사랑? 그는 너무나 큰 기대 속에서 벌인 일이라고 생각하니 스스로 용서가 안 된다. 그는 다시 울화가 치밀어 견딜 수가 없다. 생각하면 생각할수록 그래도 분이 풀리지 않자 드디어 발기발기 찢기 시작했다.

 내가 자초한 일이다. 이렇게 나처럼 순진하고 어리석은 놈이 세상에 또 있을까! 늙마에 제2의 인생을 살아보겠다고 허상에 사로잡혀 엉뚱한 생각을 했던 거여…. 더욱이 이 초상화 때문에 엄청난 일을 저지르고서도 좋다고 희희낙락하며 혼자 좋아서 미쳐 날뛰었던 게 아닌가. 이번 일은 내 스스로 불러온 재앙이다. 큰 돈 한 번 벌어보겠다는 욕심을 부린 것이 스스로 태풍을 불러들인 것이다. 그가 지난 일을 생각하니 화가 치밀기도 하고 허망하고 비참했다. 밖에는 여전히 늦은 장맛비가 주룩주룩 그칠 줄을 모르고 내리고 있다.

다시 찾은 일상

 크리스마스가 다가왔다. 그런데 아직 박철수에게는 연락이 없다. 김교수는 다시 신경질이 나고 울화통이 터진다.
 내 5억을 가지고 대박을 터트려 요트를 사서 이것들이 즐기느라고 아직까지 연락이 없는 거 아니야. 이것들을 어디 가서 잡지. 미국이여 영국이여. 이제 와서 경찰에 신고해도 별 소득이 없을 거라는 생각이 들자 한숨만 나올 뿐이었다. 내가 박철수에게 완전히 사기를 당한거야. 틀림없이 이것들이 계획적으로 내게 접근해서 내 돈 5억을 갈취해갔어.
 사람의 관계는 상호작용인데 박철수와는 중학교 졸업 후 그동안 이렇다고 할 만한 관계가 한 번도 없었는데 단지 중학교 동창생이란 이유로 지난 초여름 동해안 바닷가에서 우연히 만나 진여사네 집에서 차 한 잔 마시며 이야기를 하고 스스로 진여사에 빠져 그 후 5억이란 큰돈을 알지도 못하는 주식에 덜컥

투자했는지, 곰곰이 생각하면 생각할수록 너무나 허황된 짓을 스스로 저지른 것이 도저히 납득할 수가 없다.

'뭔가에 홀리지 않고서는 도저히 할 수 없는 뜬금없는 짓이 여. 내가 미쳤지…. 정말 확실히 미치지 않고서는 어떻게 그런 무모한 짓거리를 할 수 있단 말인가.'

생각하면 생각할수록 그는 너무나 어처구니가 없었다.

'그동안 내가 혼자 살다보니 허무맹랑한 짓을 아무 생각 없이 저지른 것이 틀림없다. 그러나 이제와 후회해봐야 소용없지….'

그는 깊은 한숨을 토해냈다.

'그래 모든 일은 뿌린 대로 거둔다고 이 모든 일이 자업자득이야. 그동안 나는 혼란과 착란 속에 달콤한 꿈을 맛보며 제2의 인생을 찾겠다고 현실을 망각한 시간을 걸어온 것이다. 이 얼마나 무의미하고 어리석은 짓인가…. 나는 그동안 학식이 풍부하고 무언가를 연구하며 한 사람 한 사람의 생활이 바로 자기 자신에게로 이르는 길이라고 생각하며 살아왔는데 이것이 내가 걸어온 길인가.'

그는 깊은 생각에 잠긴다.

'아내가 살아있었으면 이런 어리석은 짓은 안했을 거야.'

그는 아내에 대한 그리움과 말년의 자신의 꼴을 생각하니 눈물만이 하염없이 쏟아졌다.

섣달 그믐날 그는 배봉산에 올라 그동안 지난 일들을 곰곰이 생각하며 낱낱이 떠올려보다가 고개를 힘없이 떨구고 말았다. 은행에서 융자받은 돈을 갚으려면 뼈가 마를 것이고 살아갈 일도 그저 막막할 뿐이다. 눈앞이 캄캄해졌다. 그동안 세상 부러울 게 없었는데 분수에 넘치는 욕심에 눈이 멀어 이 꼴이 됐으니 이제 와서 누굴 원망하랴. 하루아침에 지옥으로 떨어진 거다. 그는 거칠게 한숨만 쉬었다.

새해가 밝았다. 그러나 명절에 아무도 오지 않는 집은 빈집이다. 그는 하루 종일 뼛속 깊이 쓸쓸함을 느꼈다. 아내가 없는 빈자리가 이렇게 큰 줄은 미처 몰랐었다. 이럴 때일수록 아내와의 지난 일들이 새록새록 솟구쳤다.

그는 10여 년 전 여름방학 때 아내와 함께 제주도로 여행을 갔던 생각이 났다. 딸을 시집보낸 지 2년째 되던 해 양교수 부부와 함께 4명이 3박 4일 일정을 잡아서 여행을 갔었다. 야자수가 늘어선 거리 제주도는 남국의 풍이다. 야자수 그늘에 불어오는 바닷바람의 시원한 맛은 잊을 수 없는 추억이다. 그때 아내가 얼마나 기뻐하는지 결혼 후 그런 아내의 모습은 처음 보는 거 같았다.

그들은 제주도에서도 이름난 음식점을 찾아갔다. 서귀포에 있는 삼대텃집이라는 진미명가는 제주도에서 다금바리(정확히는 자바리) 횟집으로 유명한 곳이라고 한다. 예약을 하고 갔는데도 손님이 넘쳤다. 요리가 나오기 전 전채요리인 스끼다시가 나왔는데 그 종류만도 많다.

 이것저것 먹고 있는데 다금바리회가 나왔다. 흰살 생선이지만 크기가 크다보니 부위별로 조금 다른 색을 띠고 있었다. 다금바리의 특징은 하얀 빛깔을 띠고 있다. 먹으면 기름이 찍하고 나오는 쫄깃한 위, 고소한 간, 두툼한 입술과 지느러미살, 날개살 등등…. 여기에 맥주까지 곁들이니 세상에 부러울 게 없었다.

 양교수의 건배제창으로 모두가 한목소리로 '건배'를 제창했다. 김교수도 이런 다금바리회는 처음 먹어본다. 입에서 살살 녹는다. 한참 신나게 먹던 김교수 부인이 "이 회는 얼마예요? '다금바리'라고 하셨죠? 제가 듣기로는 생선 중에서 제일 비싸다고 하던데. 도미회 같은 걸로 시키면 가격도 그렇게 비싸지 않잖아요?" 하니 양교수 부인이 "이럴 때 안 먹어보면 언제 먹어요. 잘하셨어요. 고맙습니다. 잘 먹겠습니다." 하며 한마디 한다.

 듣고 있던 김교수가 "이번 여행은 우리가 최고급으로 준비했는데 양교수가 큰 역할을 하셨지. 정말 양교수 고마워. 그리고 사모님도요." 한다. 양교수는 "이번에 두 분 모시고 온 건 추억에 남는 호강 한 번 시켜드리려고 작년부터 김교수와 준비하고 왔으니 걱정은 붙들어 매시고 즐기시면 됩니다."

 "네, 정말 이렇게 입에 살살 녹는 음식은 난생처음으로 먹어보는 거 같아요. 정말 맛있어요. 감사합니다." 하며 그녀는 좋아서 어쩔 줄 모른다.

바다가 보이는 횟집은 동남아의 어느 곳보다도 풍광이 아름답고 운치가 있었다. 육지와 멀리 떨어진 섬 제주도는 육지와는 뚜렷이 다른 기후로 인해 형성된 독특한 자연환경으로 한라산 오름, 동굴 해안 등 모두가 화산지형이다.

김교수 부인은 알뜰히 사느라고 해외여행을 제대로 못했다. 고작 여고 동창생들과 함께 태국 등 동남아여행을 패키지로 한 번 가보고는 바다건너 오기는 이번이 2번째다. 그동안 남편인 김교수가 외국으로 패키지여행을 떠날 때 함께 가자고 해도 돈이 아까워서 몇 번인가 망설였는데 이번에 이렇게 부부동반으로 오붓하게 오니 그녀는 설렘과 행복으로 마치 어린아이같이 좋아했다.

김교수는 그동안 아내와 함께 단둘이 여행을 떠나본 적이 없었다. 그동안 그러한 아내만 생각하면 울컥하던 맘이 그나마 해소되어 흐뭇했다.

점심식사 후 중문단지에 있는 사계절 휴양리조트 호텔인 S호텔에 여정을 풀었다. 김교수 부인은 객실에 들어서자마자 눈이 휘둥그레졌다.

"여보, 이 호텔 정말 좋다. 이곳에서는 하룻밤 자는데 얼마야?"

김교수는 그동안 얼마나 생활에 쩔었으면 돈부터 걱정할까 생각하니 정말 미안한 생각이 들었다.

"여보 걱정하지마. 아까 양교수가 걱정하지 말고 즐기라고 했잖아. 사실 이 호텔은 양교수 처남이 파격적으로 신경을 써줘서 오게 된 거요. 이따가 사모님 만나면 고맙다는 인사만 하면 돼."

 김교수는 아내와 짐을 호텔방에 놓고 커피숍으로 내려갔다. 김교수는 양교수와 3박 4일간의 일정에 대하여 이야기를 끝내고 우선 중문단지를 돌아보기로 했다. 중문단지는 중문지역 바닷가에 자리 잡은 130만 평의 규모다. 우선 그들은 여미지식물원에 들렀다. 여미지식물원은 아름다운 땅이라는 뜻을 가지고 있는 동양 최대의 온실정원이다. 넓게 펼쳐진 야외정원까지 실내외 식물원이다. 야외정원은 야자수와 같은 키가 큰 나무들로 숲을 이루고 있어 장관이다. 정원 안은 약 2,300여 종의 신비스러운 꽃들로 가득 차 있어 남국의 정취를 느낄 수 있다. 여미지식물원은 옥외식물원과 온실식물원으로 구성되어 있다. 옥외식물원은 3만여 평에 1천여 종의 난대 및 온대식물로 조성되었고 온실식물원은 3천 8백여 평에 유리온실로 5개의 정원으로 구성되어 있으며 중앙에는 38m 높이의 전망타워가 자리 잡고 있다. 그녀는 꽃에서 시선을 떼지 못하고 심취되어 있다. 이렇게 좋아하는데…. 그는 이번 여행은 정말 잘 왔다고 스스로를 칭찬했다.

 지난 추억을 들춰보니 그리움이 더욱 솟아오른다. 그는 사진첩을 꺼내들고 아내와의 추억에 깊이 빠져본다. 젊은 날의 아내의 모습은 눈 안에 가득한데 이제 아내는 찾을 길이 없다. 세월의 흔적을 느끼며 장승처럼 서있는 자신의 모습이 애처롭다. 아내와의 지난 35년간이 주마등처럼 스쳐 지나간다.

아내가 곁을 떠난 지 5년이 넘었는데 처음 아내와 만났던 순간순간이 진한 그리움을 불러일으킨다. 그녀가 지금 바로 방문을 열고 들어올 것만 같다.

김태호는 독일유학에서 귀국한지 얼마 안 되어 고등학교 반창회 모임이 있었던 날 회식을 끝내고 같은 방향에 사는 친구와 함께 택시를 타고 가던 길이었다.

친구가 자기 사촌여동생을 한 번 만나보면 좋을 거 같다며 그 여동생은 올해 S여대를 졸업하고 출판사에 입사해서 나가고 있는데 생각이 있으면 연락하라고 했다. 20여 일이 지난 어느 날 친구 최영수에게 그는 전화를 했다. 6월 둘째 토요일 정오 마로니에 거리에 있는 '학림다방'에서 친구의 여동생 최정자와 함께 셋이서 만났다.

그녀는 키가 크고 날씬했다. 얼굴은 투명하리만큼 깨끗하고 계란형이다. 약간 수줍은 듯한 그녀의 볼은 연한 복숭아빛이 감돌고 있었다. 눈에 띄는 미인은 아니지만 순수하고 친밀감이 느껴졌다. 옷차림은 점박이 흰 블라우스에 검정색 스커트를 입고 검정색 단화를 신고 있었다. 한눈에 봐도 성실하고 근면해 보인다.

인사를 서로 주고받는데 목소리는 맑고 발음이 정확하다. 그는 그녀와의 첫 만남이 어떤 인연으로 운명 지어질 것 같은 느낌이 들었다.

 그들은 근처에서 점심을 먹을까 하다가 종로에 있는 이문 설렁탕집까지 걸어서 갔다.

 "고생 많이 하셨겠어요? 그러나 지성과 낭만을 추억으로 간직하셨으니 정말 큰 재산을 축적하시는거네요. 훌륭하세요. 사실 저도 공부를 계속 하고 싶었는데 가정형편상 쉽지가 않아서 그만 주저앉았어요. 사실은 대학을 졸업한 것만도 감사하게 생각하고 있어요."

 "아, 그러시군요. 오늘 미스 최하고 만난 것은 정말 귀한 만남인 것 같습니다. 어떻게 생각하실지 모르지만 좀 자주 만나뵙으면 합니다."

 이야기를 주고받다보니 두 청춘남녀의 낭만이 피어오르는 것 같았다. 6월이라 날씨가 무척 더웠다. 김태호는 손수건으로 흐르는 땀을 연신 닦았지만 기분만은 상쾌했다.

 2주가 지나고 유월의 마지막 일요일 두 사람이 만난 것은 청량리역 근처 돈까스집이다. 돈까스는 말이 돈까스지 밀가루 범벅이다. 돈까스를 맛있게 먹고 있는 미스 최가 귀엽고 믿음직하다. 다른 사람 같으면 이게 돈까스냐고 투정이라도 부릴만 한데 전혀 음식에 대하여 말이 없다.

"맛없는 돈까스를 대접해서…. 다음번에는 제대로 음식다운 음식을 대접할게요."

"아뇨, 오늘 돈까스도 괜찮아요. 다음에는 제가 맛있는 걸로 대접할게요."

미안해 하는 그를 향해 살짝 미소를 짓는다.

"미스 최 우리 다음에 만날 때는 호반의 도시 춘천에 가보면 어떨까요? 미스 최 혹시 춘천 소양강에 가봤나요?"

"아뇨, 소양강변을 생각하니 가슴이 설레네요."

"그럼 춘천에 가서 소양강변도 거닐고 에티오피아 커피도 마시며 담소를 나누면 멋지고 좋을 거 같은데 어떠세요?"

"그럼 좋지요. 사실 저도 언제 한 번 소양강변에서 에티오피아 진짜 커피 맛을 보고 싶었는데…. 잘됐네요."

"강원도는 아름다운 곳이 참 많아요. 난 대학교 시절 친구들과 여름방학 때 설악산 대청봉까지 등반한 적이 있었는데 용대리에서 백담사를 거쳐 대청봉까지 올라가는데 뒤처져서 꼴등이었는데도 대청봉까지 올라갔다는 성취감에 얼마나 기쁘고 뿌듯했는지…. 그때 정말 젊음의 에너지를 실감했었죠. 미스 최 등산 좋아해요?"

"아뇨, 저는 등산이 너무 힘들어서 좋아하지는 않았어요. 대학교 3학년 때 친구들을 따라 북한산에 갔었는데 깔딱고개에서 주저앉을 뻔했지만 용기를 내서 봉우리까지 올라갔었지요. 그때 북한산에서 서울 시내를 내려다보니 감개가 무량하더라구요. 아! 이 맛에 모두 등산을 하는구나 했지요. 그 후 그해 가을 관악산 연주대까지 올라갔다온 게 전부예요. 그때 4시간 정도 걸려서 올라갔었는데 관악산은 생각보다 험하더라구요."

"아, 그래요."

"사실 저는 가정교사를 하고 과외선생 노릇도 하며 학교에 다녔기 때문에 시간에 전혀 여유가 없었어요. 아버지가 친척 어르신의 빚보증을 섰다가 그분의 사업이 부도나는 바람에 우리 집이 은행으로 넘어가 사실 대학교를 졸업하기까지도 힘든 시간을 보냈어요. 그래서 그때 저는 대학교를 1년 휴학했다가 4학년 1학기에 복학하고 올봄에서야 졸업하게 됐어요. 그때 아버지께서는 우리가 살던 집을 처분하고 아버지 고향인 경기도 여주 신륵사 근처로 이사하시고 저는 현재 작은아버지댁에서 살고 있는데 식구들 모두가 잘해주세요."

"아, 그렇군요. 미스 최도 고생이 많으셨겠네요. 그러나 열심히 살고 계신 거 같아서 보기에 좋아요."

그들은 7월 셋째 토요일 춘천행 왕복 기차표를 예매했었다. 청량리에서 춘천까지는 완행열차로 꼬박 두 시간이 걸린다.

춘천 가는 기차는 그 기찻길이 청평을 지나 가평으로 접어들면 산천경개가 아름답고 운치가 있어서 많은 청춘남녀가 데이트 코스로 자주 이용했었다. 이때 나온 노래 '소양강 처녀'는 춘천이 호반의 도시임을 만천하에 알렸다. 소양강 처녀는 1969년 반야월이 작사하고 이호가 작곡한 우리나라의 가요이다. 1970년대 가수 김태희가 불러 큰 인기를 얻었었다. 이 노래는 1968년 소양강 지역 출신의 윤기순이 소양강에서 조각배를 타고 일행과 함께하며 느낀 감상을 노랫말에 담아 탄생했다고 한다. '소양강 처녀'는 붐을 일으켜 국민 노래가 되었었다. 김교수는 아내와 함께 공지천 상상마당에서 불렀던 '소양강 처녀'를 다시 한 번 되뇌어 불러보았다.

'해 저문 소양강에 황혼이 지면 외로운 갈대밭에 슬피 우는 두견새야.'

정말 아련한 추억이다. 소양강 처녀는 멜로디가 누구나 쉽게 따라 부를 수 있어서 한국인의 정서에 맞아 지금까지 많은 사람들의 사랑을 받고 있다.

노래의 배경이 된 소양강이 춘천 시내를 흐르는 강이기에 더욱 춘천사람들이 열광하며 불러 크게 유행하기 시작했었다. 김교수는 지금도 가끔 '소양강 처녀'를 들을 때면 눈시울이 뜨거워진다.

청량리역에서 두 남녀는 경춘선 춘천행에 몸을 실었다. 좌석을 예매했는데도 기차 안은 발 디딜 틈이 없이 콩나물시루같이 빽빽하다. 거의 다 입석표를 갖고 서 있는 사람들이었다. 춘천으로 가는 길목인 대성리로 MT를 떠나는 대학생들과 청춘남녀

연인들로 북새통을 이룬다.

　마석을 지나 대성리역에 도착하니 기차 안을 꽉 메웠던 대학생들이 우르르 내린다. 김태호는 대학 시절에는 공부를 하느라고 MT 한 번 다녀오지 못하고 지냈었다. 숨을 돌려 창밖을 내다보니 흐르는 푸른 물결과 병풍같이 둘러친 푸른 산은 정말 아름다운 경치다. 우리나라가 금수강산이라는 말이 이곳에서부터 나온 듯하다. 그녀는 아름다운 경치에 도취되어 눈을 떼지 못했다. 기차는 어느덧 청평과 가평을 지나 강촌을 따라 소양호의 물결이 이어지는 춘천역에 도착했다.

　소양강은 중부지역을 남서로 하여 춘천 북쪽에서 흘러 북한강에 합류하는 강이다. 소양호의 푸른 물결과 그를 감싼 풍경만 봐도 눈이 시원해지는 느낌이다. 소양강댐은 1973년 건설됐는데 춘천시 6개면 4,600가구가 수몰되는 애환이 담긴 곳이다.

　소양강댐으로 인해 만들어진 소양호는 우리나라 최대의 인공호수로 면적이 1608ha로 수면직선거리만 60㎞에 달한다고 한다. 워낙 넓은 호수라 유람선이나 관광쾌속선이 운행되고 있다.

　역에 도착한 그들은 택시를 타고 에티오피아 커피향이 부르는 공지천 유원지를 향했다. 공지천은 의암호 지류이다. 공지천은 주위에 조각공원, 분수대, 야외공원장, 전적기념관, 에티오피아 참전기념비가 있다. 에티오피아는 6·25당시 UN16개국 참전국 중 하나였는데 이 기념비는 6·25동란 때 카그뉴대대가 화천, 철원지구 전투에서 112명이 전사하고 536명의 부상자를 낸 참전비다. 공지천 호수는 남녀노소가 여가를 즐기기에 좋은 장소다. 공지천 유원지에서 곧바로 에티오피아 하우스로 가서 커피를 마시려고 하다가 우선 점심부터 먹기로 했다. 그는 오늘 그녀에게 최대의 서비스를 하고 싶었다.

유원지에는 마침 한우불고기 집이 있었다. 그는 돈도 넉넉히 가지고 왔다. 그동안의 압박감에서 벗어나 오늘은 마음 놓고 그녀와 자유롭게 즐기면서 연애를 하고 싶었다.

"미스 최 우리 점심 먹어야죠. 뭘로 들고 싶으세요?"

"그냥 간단한 걸로 먹고 에티오피아 하우스로 가죠."

"이곳까지 왔으니 오늘은 내가 미스 최한테 최대의 서비스를 하려고 하니 그냥 따라 주시면 좋겠어요. 한우로 대접하려고 하니까…. 좋지요?"

"한우 굉장히 비싼데…. 그럼 오늘은 신세를 단단히 지겠습니다."

토요일인데도 식당 안이 한가하다. 아마도 한우가 비싸니까 손님들은 근처의 민물매운탕 집이나 닭갈비집으로 가는 모양이다. 주위를 둘러보니 주문하는 게 고작 갈비탕이나 크게 인심 쓰면 불고기 백반이다. 그는 큰맘 먹고 참나무 숯불갈비를 시켰다. 숯불에서 지글지글 구워지는 한우갈비는 냄새부터가 다르다. 소고기 특유의 풍미가 코끝을 자극한다. 깊은 맛이 나면서도 맛이 있다. 서울에서 어쩌다 한 번 먹어보는 소갈비하고는 전혀 다른 맛이다.

"미스 최 많이 드세요."

"네 감사합니다. 김 선생님도 많이 드세요."

"우리 맥주 한 병 시켜서 한 잔씩 합시다."

"네, 그렇게 하세요."

그가 맥주를 컵에다 따라 그녀에게 건넨다. 그녀도 컵에다 맥주를 따라 그에게 건넸다. 둘이는 맥주컵을 서로 부딪치며 '브라보'를 외쳤다. 그녀는 맥주를 한 잔 마시니 벌써 취기가 올라 얼굴이 벌겋다. 김태호는 그녀가 따라주는 맥주를 두 잔 마시니 약간 딸딸하다.

소갈비가 알맞게 구워졌다. 종업원이 갈비를 먹기 좋게 잘라서 석쇠에 올려놓는다. "정말 맛있어요." 그는 그녀가 맛있게 먹는 모습을 바라보면서 흐뭇함을 느꼈다.

"정말 맛있어요. 선생님도 많이 드세요."

그녀는 구운 갈비를 김태호 앞으로 밀어 놓는다. 불갈비와 맥주를 들고나니 여유가 생기고 기분도 좋다. 마지막으로 된장찌개로 식사를 마무리 했다.

그들은 점심을 마치고 에티오피아 커피 하우스로 자리를 옮겼다. 커피향이 실내에 가득하고 아프리카 특유의 실내장식은 이국의 맛을 풍기고 있다. 이곳은 아프리카에서도 이름 높은 커피 생산국인 에티오피아가 커피를 파는 곳이다. 그녀는 꼭 한 번 오고 싶었다고 했다.

  원두커피 두 잔이 테이블 위에 놓였다. 그들은 코로 향기를 맡고 살짝 입술을 댔다. 그 맛과 향은 서울에서는 감히 엄두도 낼 수 없는 순수하고 진한 커피 고유의 향이다. 그녀는 기쁨을 감추지 못하고 연신 미소를 지으며 그를 바라본다. 그도 기쁨을 만끽하고 있었다. 오후 3시가 지났는데도 밖에는 더워서 나가기가 싫었다. 오후 4시가 좀 지나 그들은 자리에서 일어났다. 밖으로 나오니 약간 바람이 분다. 강바람이라 시원하고 기분이 좋다. 그녀는 양산을 폈다. 양산을 펴니 약간의 그늘막이 되어준다.

  에티오피아 한국참전기념관쪽부터 걷기 시작했는데 공지천 조각공원을 지나 상상마당까지 갔다. 공지천 산책로는 평지로 되어 있어서 걷기에 편하다. 아무래도 7월이라 볕이 뜨겁고 녹음이 우거진 신록의 그늘이 좋았다. 얼마나 걸었는지 경사진 길을 따라서 산 위 가까이까지 왔다. 시원한 바람이 불어오는 언덕은 살랑살랑 사랑을 속삭이는 듯하다. 천천히 걸었는데도 그녀가 지쳐보였다. 시원한 나무그늘 아래 그녀가 깔아주는 손수건을 펴고 앉아서 다리를 쭉 뻗었더니 편안하다. 그녀도 다른 손수건을 꺼내서 펴고 다리를 쭉 뻗고 있었다. 상상호 마당 앞에서 바라보는 의암호의 풍경이 무척 아름답다.

  물 색깔은 청록색이다. 마치 바닷물색 같다. 거기에 솔솔 불어오는 시원한 강바람이 이마의 땀방울을 닦아주며 뇌세포까지 열어주니 정말 힐링이 된다. 하늘은 파랗고 뭉게구름이 두둥실 떠있어 선경에 와 있는 느낌이었다. 저 멀리 춘천대교를 바라보니 공지천에서 의암호로 가는 길이다. 의암호는 1967년 의암댐이 완공되면서 만들어진 인공호수다.

의암호는 춘천의 서쪽을 둘러싸고 있다. 호수면적이 17㎢ 너비 5㎞ 길이 8㎞ 춘천시에서 서남쪽으로 12㎞ 떨어진 삼악산 계곡 국도변에 있다. 1967년 11월에 발전용량 4만 5000kW의 다목적댐이 건설됨으로 형성된 호수로 산악도시인 춘천을 호반도시로 바꾸어 놓은 것이다. 춘천은 푸르름 낭만 그리고 고요의 상징이다. 그는 흥이 절로 났다. 그가 '소양강 처녀'를 흥얼거렸더니 그녀도 따라 부른다. 정말 잊지 못할 아름다운 시간이었다.

타원형의 호수는 춘천시 및 대안에 있는 삼악산의 풍치와 잘 조화되어 인공호수라기보다 자연호수의 정취가 물씬 풍긴다. 사계절을 통해서 일정한 수위를 유지하는 의암호는 호반의 삼천리 유원지를 비롯하여 호수 안의 중도와 위도 등 관광유원지를 품고 있다. 그때 그를 바라보던 그녀의 눈빛은 시종일관 샛별같이 빛나고 청순하여 그의 마음을 완전히 사로잡았었다.

그들은 그날 춘천의 아름다운 풍광과 분위기에 흠뻑 젖어 호반에 시간을 담으며 함께 어우러져 해가 서산을 넘어가는 것도 알지 못했었다.

공지천에서 날이 저물어 어두워지니 택시도 잡을 수가 없었다. 하는 수없이 그들은 춘천역까지 뛰다시피 왔지만 막차 기차도 놓쳤었다. 그녀가 얼마나 놀랐는지 발을 동동 구르며 얼굴까지 파랗게 질려 있었다. 그러나 다행히도 버스 막차를 타고 가까스로 마장동에 도착하니 밤 12시였다.

그 후 그들은 일주일에 한 번씩 만났다. 그리고 추석 때 그녀가 그의 부모님께 인사를 드렸다. 어머니가 그녀를 맘에 들어 하시고 아버지도 좋은 집안에서 자란 규수 같다고 흐뭇해 하셨다.

그도 추석이 끝나고 여주에 살고 계신 그녀의 부모님을 찾아뵈었다. 시골집이지만 아담하고 깨끗했다. 그녀는 삼남매 중 막내다. 언니는 출가를 하고 오빠는 서독에 광부로 갔다가 귀국해서 현재는 어느 건설회사에 나간다고 했다. 그녀의 아버지는 나이에 비해 늙어 보이셨지만 자존심이 대단해 보이셨고 어머니는 단정하고 참해 보이셨다. 사위가 될 사람이 왔다고 상을 푸짐하게 차리셨다. 음식이 모두 정갈하고 입맛에 맞았다. 그들은 그해 11월 마지막 토요일에 결혼식을 올렸다. 그리고 35년 동안 화목한 가정생활을 유지해 왔었다. 그런 그녀가 그가 퇴직하던 해 그를 남겨두고 홀연히 저 세상으로 떠나갔다.

희망이 없으니 더욱 외롭고 비참하다. 김교수는 집에만 있으면 안 되겠다 싶어 중랑천 둑을 걷고 있는데 스마트폰에서 벨

소리가 요란하게 울렸다. 전혀 모르는 전화번호다.

"김교수, 그동안 잘 지내고 있었나? 나 박철수야! 지금 한국에 돌아왔어. 우리 이제 만나야지. 아무래도 14일간 자가격리도 있고 하니 15일쯤이면 괜찮겠지. 그럼 그때 보세."

박철수의 목소리에는 기운이 넘쳐흘렀다.

그는 박철수의 말을 들으니 원금은 건질 거 같아서 그나마 다행이라고 안도의 숨을 쉬었다.

"그날 투자금도 돌려줄게. 수익이 예상보다는 적지만 수익금도 함께 갖고 나갈 게. 그때 만나자."

드디어 박철수를 만났다. 박철수는 예전보다도 얼굴이 더 훤하고 옷도 고급 옷으로 치장을 해서인지 어디를 봐도 영국신사요, 큰 회사의 중역 같았다.

"진여사와 함께 나오려고 했는데 진여사가 워낙 바빠서 못나왔어. 원금은 이거고 수익금은 많지 않지만 10%는 되니까 3개월에 10%는 사실 굉장한 거야! 암튼 김교수 고마웠어. 다음에는 좀 더 좋은 기회가 올 수도 있지."

김교수는 뭔지 모르게 허망하기도 하고 허전하였다. 사실 김교수에게 이익금 5천만 원은 큰돈임에는 틀림이 없다. 그는 60 평생에 이런 돈을 한 번에 벌어본 적이 없다. 솔직히 말하면 이번에 피 말리는 마음고생을 했지만 이런 큰돈은 처음이다.

냉정하게 따져보면 이것만도 다행이라는 생각이 들었다. 이거야말로 아찔한 위기를 넘기게 된 기적과 같은 하늘의 복이라고 여겼다. 그는 독일의 시인이자 철학자인 니체(F. W. Nietzsche, 1844~1900)가 '삶은 괴로운 것이다. 그런 괴로움 속에서 살아간다는 것은 가치 있는 삶의 의미를 찾아가는 것이다'라고 했는데 그도 전적으로 공감하며 삶은 아름다운 것이라고 새삼 느낀다. 그는 이번에 들어온 돈 5천만 원을 가지고 코로나 상황이 종결되면 딸네 식구들과 함께 손자손녀들을 데리고 방학 때 구라파 여행을 해야겠다고 생각하며 흐뭇한 미소를 지었다. 김교수는 5천만 원을 받아 쥐니 이때까지 신경 쓰고 고통 받던 생각은 달아나고 고맙다는 생각까지 드니 사람의 생각은 참 간사하다고 여기며 자기 자신도 예외는 아니라고 생각했다. 그러나 "아마 올해 5월쯤 진여사와 결혼식을 올릴 거 같아." 헤어지면서 하던 박철수의 말이 김교수를 찜찜하게 한다.

그는 박철수와 헤어져 나오면서 자신도 모르게 긴 한숨을 쉬었지만 입가에는 미소를 머금었다.

'박철수 이놈 정말 재주꾼이야! 언제 결혼까지 생각했지?'

그는 그날 밤 진여사네 집에서 느꼈던 그녀의 핑크빛 입술과 촉촉한 그녀의 혀가 그의 뇌를 짜릿하게 애무하고 있는 듯한 느낌이 들자 그는 정신을 차리고 자신의 뺨을 한 대 쳤다.

'미쳤어! 정말 미쳤어! 내가 지금 무슨 생각을 하는 거야?'

그는 중얼거리며 자신의 기억을 질책했다. 긴 한숨이 절로 나왔다.

'너 아직도 정신을 못 차리는 바보야! 정신 차려 김태호!'

어쨌든 한동안 친구인 박철수를 의심했던 자신이 부끄럽기만 했다. 그러나 이번에 겪은 스트레스를 어찌 다 표현할 수가 있겠는가. 김교수에게 친구란 선의의 경쟁자이자 협력자이지만 정직해야 된다고 본다. 우리는 모든 일을 혼자 해낼 수가 없다. 그래서 친구가 필요하고 동료가 필요하다. 우린 서로 필요할 때는 도와야 한다. 그러나 요즈음 세상이 물질만능의 이익사회로 하도 어수선하고 한 번도 겪어보지 못한 코로나바이러스에 의한 불안과 공포 속에서 그동안 한 번도 함께 일해 본 경험도 없는데 학창 시절 친구라고 무조건 믿는다는 것은 무모하기까지 했고 거기에 긴 장맛비가 계속 내릴 때에는 그 빗소리가 마치 그의 심장을 강하게 두드리는 것과 같았었다. 어쨌든 이번 일은 호랑이 굴에 들어갔다가 나온 것 같이 10년 감수를 한 것은 틀림없었다.

올해의 늦은 장마는 가을까지 길게 이어져서 지루했었다. 집중호우로 장대비가 쏟아져 중랑천이 침수되고 자가용들이 떠내려가고 동네 이곳저곳이 무너졌다고 할 때 그 자신도 완전히 무너지는 줄 알았는데 천만다행이다. 인간의 욕심은 무한궤도를 달리는 열차와 같이 멈출 줄을 모른다는 사실도 그는 뼈아프게

체험했다.

그는 다행히 원금도 찾고 3개월 만에 5천만 원이란 거금도 손에 쥐었으니 오히려 행운이라고 할 수 있다. 김교수는 자신의 가슴을 다시 한 번 쓸어 내렸다. 만족(滿足)이라는 한자가 가득하다는 '만'자와 발 '족'자를 쓰는 이유가 무엇인가 한 번 생각해 볼 필요가 있다. '만족'이라는 한자를 보면 행복은 욕심을 최소화할 때 비로소 얻을 수 있음을 말해주고 있다. 그리고 보면 따뜻한 물이 발목까지만 차올라도 몸이 나른해지고 여름에 발만 시원해도 온몸의 땀구멍으로 열기가 빠져나가는 것을 경험할 수가 있다. 그럼에도 사람들은 물이 목까지 차오르고 머리끝까지 채워져야 행복할 것이란 욕심에 사로잡혀 있다. 요즈음 사람들은 몇 년 전의 사람들이 상상할 수도 없을 정도의 물질적 풍요를 누리고 있다. 그러나 삶에 대한 만족도는 크게 오르지 않았고 오히려 줄어들었다고 생각하는 사람들도 많다.

행복이란 성실하게 살아야 누릴 수 있다. 우리는 누구나 자기 자신의 마음속을 들여다보는 일은 간과한 채 왜 그토록 다른 사람을 의식하며 살아갈까? 즐거움과 행복은 자신의 가장 가까운 곳에 있는데도 스스로 보지 못하고 욕심에 눈이 어두워 행복을 찾아 헤매는 것이다. 건강하고 행복한 삶을 누리는 데는 기본적으로 물질적인 조건도 필요하지만 그보다 더욱 중요한 것은 역시 자신의 마음을 잘 챙기는 것이다. 어느 누구나 작은 일에서 감사할 줄 모른다면 그 어디에서 만족과 행복을 찾을 수 있겠는가. 다시 한 번 자신을 돌아보며 생각하면 이미 답은 나와 있는 게 아닌가. 그럼에도 불구하고 사람들은 욕망을 추구하기 위해서 온갖 방법을 다 동원한다.

  오늘날 현대 사회는 물질만능의 가치관이 견고하게 자리 잡고 있어서 물질적 이익을 위해서는 못할 일이 없는 사회로 변모하고 있다. 이런 까닭으로 인간의 욕심은 점점 더 끝이 없고 욕망의 질주는 무한궤도를 달리는 열차와 같이 멈출 줄을 모른다. 삶의 속성을 함축해놓은 욕망은 시기와 질투와 배신으로 인간의 희극과 비극을 불러오고 체력을 너무 무리하게 소모하므로 급기야는 심장이 마비되어 사망에까지 이르게 한다. 몸은 영혼을 담고 있는 그릇이다. 생명이 붙어있는 한 건강한 육체와 건강한 정신이 필요하다. 모든 마음의 병은 욕심에서 나온다. 욕심은 결국 죄악을 낳고 죄악은 사망을 낳는다는 말이 맞는다. 서양 격언에 바다는 메울 수 있지만 인간의 욕심은 채울 수 없다는 말이 있다. 메울 수 없는 욕망은 때로는 파멸을 가져오고 너무나 큰 꿈은 정말로 꿈처럼 허망하게 무너질 수도 있다. 욕망이 탐욕이 되면 그때부터 궤도를 이탈한 기차와 같이 욕구충족을 위해서 멈출 줄을 모른다. 과도한 지배의 욕심은 끝내는 전쟁을 유발시켜 인류를 재앙에 몰아넣고, 부모형제간의 재산싸움은 패가망신을 자초하고, 불효를 저지르고, 형제간에는 원수

지간이 되며, 사랑하는 연인간의 치정관계는 살인까지도 불러오고, 친구간의 배신은 끝끝내 철천지원수같이 되기도 하고 왜곡된 욕망은 자칫 한탕주의에 빠져 인생을 망가뜨릴 수도 있다. 절친이라고 생각하는 친구가 라이벌 관계라면 그 경우 경쟁상대는 친구가 될 수 없다는 사실을 그는 이번 기회에 뼈저리게 느꼈다. 왜냐하면 경쟁의 끝에는 승자와 패자만이 남게 되어 항상 시기와 질투가 도사리고 있기 때문이다. 그는 이번에 큰 경험을 했다. 사람이 살아가는데 욕심이 없을 수는 없지만 내 안에 자리 잡고 있는 끝없는 욕망의 질주가 결국은 나 자신을 망치는 것임을 알았다.

이번 일은 그에게 한바탕 꿈이었다. 그는 진여사를 영원한 사랑의 아이콘으로 만들어놓고 스스로가 상상력에 갇혀 지내온 것이다. 그는 진순영 여사와 맹목적인 사랑을 꿈꾸며 그토록 집착했던 자신의 행동이 얼마나 엉뚱한가 생각하니 스스로도 황당하다. 이번 일을 경험하면서 고독이란 형벌이 얼마나 끔찍했으면 자신이 그동안 몽유병 환자 같은 짓을 저질렀는지 알 수 있다. 그런데 이제는 사랑은 떠나가고 오직 이별만이 남아서 그의 가슴을 고통스럽고 아리게 한다. 인간의 끝없는 욕망과 파멸을 부르는 탐욕 그리고 애증이 엇갈린 사랑, 집착과 욕망은 결국 허무한 것이다. 김교수는 허공을 향해 쓸쓸한 웃음을 지었다.

그는 택시를 타고 눈을 감았다. 화실에서 그렸던 진여사를 닮은 초상화가 자신을 보고 살포시 웃음 짓는데 불현듯 대학교 시절 보았던 영화 새드무비(sad movies)가 떠오른다.

아니 그럼 박철수가 나보다 한수 위였나. 가끔은 어벙하게 보였던 그가 언제 이런저런 경험을 쌓고 세상살이 방법을 터득했는지 도무지 알 수 없는 노릇이다. 이제는 사회성까지 갖추어진 여사라는 대단한 엘리트 여성까지 제 손아귀에 넣고 마침내 결혼식까지 올린다고…. 참 세상은 모를 일이여. 도대체 진실이란 무엇인가? 알다가도 모를 일이다. 그는 아직도 현실세계의 냉혹함을 잘 알지 못하는 것 같다.

'내 인연인 줄 알고 이때까지 그토록 많은 공을 들였는데 이제는 모든 게 흘러간 추억이다. 송충이는 솔잎을 먹어야 하는데 갈잎까지 먹으려고 했으니 그동안 피 말리는 고통을 겪었던 것이었다. 이제 모든 건 끝났다.'

그럼 나는 '그동안 모든 것은 친구 박철수를 위해 들러리에 불과했던 것인가' 그는 무언가 석연치 않은 생각이 계속 드는 것이 개운치가 않다.

'세상은 교과서적인 사회가 아니니까 사실 많은 경험이 필요한 거다. 지식은 책에서 배우지만 지혜는 경험에서 나온다고 하지 않는가. 옛말에 10살 먹은 천재가 20살 먹은 장돌뱅이를 당할 수 없다는 말은 지금 나에게 큰 교훈이다. 나는 이번에 뼈아픈 교훈을 얻은 거여.'

누구나 사람은 오랫동안 되풀이하는 생활 속에서 저절로 익혀진 습관이 있는데 그 습관을 하루아침에 고치기는 힘들다. 한평생 교직생활로 한눈 한번 팔지 않고 살아온 내가 주식에 투자해서 큰돈 한번 벌어보겠다는 허황된 생각으로 집착을 가지고 매달렸으니 그 고통은 어디에도 비할 수가 없었다. 그러나 다행히도 원금도 찾고 5천만 원이란 이익금도 손에 넣었다. 욕망이 삶의 근간을 이루지만 그에 대한 허황된 욕구가 얼마나 비겁하고 위태로운지 이번 기회에 많은 것을 알았다.
　앞으로 어떤 형태로든 투자는 포기하고 안정되고 평범한 삶을 살아가기로 그는 마음을 굳게 다졌다. 한평생 교직에 몸담고 은퇴한 내가 늙마에 무슨 투자를 한답시고 꺼떡대면서 나댔으니 그때 내가 완전히 뭔가에 씌웠던 게 분명해. 나이 먹어서 천천히 주변을 살펴보고 음미하면서 하는 것이 행복한 여행의 묘미인데 그는 자신의 위치도 망각한 채 허황된 꿈을 꾼 것이 아닌가 돌아보았다.
　몇 년 전까지만 해도 여름방학 때 동료들과 함께 외국으로 패키지여행이라도 다녀오면 세상 부러울 것이 없었는데 간덩이가 부어도 그렇지 요트여행을 꿈꾸다니 가당키나 한 소린가. 그는 씁쓸한 미소를 지으며 항상 지갑에 넣고 다니는 아내의 사진을 꺼냈다. 아내가 미소를 짓고 있었다. 김교수는 젊었을 때 결혼을 하고 유학을 떠나기 위한 유학비용을 조달하기 위하여 잠 한 번 편안하게 자보지도 못하고 새벽에 일어나 아내가 싸주는 도시락을 들고 학교에 가서는 교수들 뒤치다꺼리하는 조교생활을 하느라고 점심시간에 도시락도 제대로 먹지 못하고 저녁까지 잡무를 하다보면 둥근달이 떠서야 집으로 돌아왔던 일들이 주마등처럼 지나간다.

그때 그의 아내는 어린 두 남매를 키우면서도 집에서 틈틈이 학생 몇 명씩 데리고 과외공부를 지도하며 가계에 보태느라고 하루도 쉬지 못하고 살아보겠다고 동동거렸다. 그런 아내를 생각하면 가슴이 찡하고 아내의 속 깊은 사랑의 여운을 느낄 수가 있어 통한이 서린다.

김교수는 항상 호기심이 강해서 엉뚱한 삶만 추구하느라 아내에 대하여 한 번도 애틋하게 챙겨주지 못한 자신을 자책했다. 알 수 없는 뜨거운 눈물이 그의 두 뺨에 주르륵 흘러내린다.

그는 이제는 일상으로 돌아왔으니 그동안 함께했던 친구들과 어우렁더우렁 지내면서 우선 수필집도 한 권 내고 여행도 하면서 제2의 인생을 소소하고 편안하게 살아가야겠다고 생각한다. 늙으면 특히 백우무행(百憂無行)을 경계해야 한다. 즉 백가지 근심만 할뿐 아무것도 시행하지 않는 것으로 걱정이 생기면 몸을 움직여 해결해야 하는데 입으로만 말하고 스스로는 요지부동도 하지 않는 것이다. 노인일수록 부지런하고 깨끗하고 규칙적으로 생활하면서 담담하고 맡은바 일은 끝까지 수행하며 어른으로서의 역할을 다해야 한다.

　요즈음은 의학과 환경과학의 발달로 100세 시대가 왔으니 인생칠십고래희(人生七十古來稀)는 옛 이야기가 되어버렸다. 이제는 100세 시대에 맞게 70을 90으로 고쳐야 되는 고령사회이다. 한국은 미국과 같이 만 65세를 법적노인으로 취급하고 있는데 그 노인인구가 7%를 넘어 2017년에는 14%를 차지하여 고령사회를 넘어서고 있다. 고령사회는 유엔이 고령인구를 7%를 넘으면 고령화사회 14%를 넘으면 고령사회, 20% 이상이면 초고령사회로 분류한다. 한국은 고령화사회에 진입한 지 17년 만인 2017년 고령사회에 들어섰다. 2017년 한국의 고령인구는 711만 5천명으로 전체인구의 14.2%를 차지했다. 한국의 고령사회 진입속도는 프랑스(115년) 미국(73년) 독일(40년) 등 다른 선진국들과 비교하면 확연히 앞서고 있다. 통계청은 2019년 장래인구추계에서 2025년에는 초고령사회가 될 것으로 내다봤다.

　현실은 어찌 보면 냉혹하다. 받아들일 것은 받아들이고 버릴 것은 과감히 버려야 한다. 그렇다면 우리도 거기에 알맞게 제2의 인생을 준비하지 않으면 낙오될 수밖에 없다. 몸은 영혼을 담고 있는 그릇이다. 생명이 붙어있는 동안 육신을 잘 관리해야 한다. 노화를 예방하기 위해서 인체의 면역력을 높여서 건강하고 행복하게 사는 것이다. 우리나라 총인구는 통계청 발표(2019년 6월말 현재)에 인구는 총 51,801,449명, 남자: 25,861,116

명, 여자: 25,940,333명, 세대수: 21,825,601세대이고 연령별 생존확률은 70세: 86%, 75: 54%, 80세: 30%, 85세: 15%, 90세: 5%이며 83세에 많이 죽고(생존율 20%) 또 87세에 많이 죽는다.(생존율 10%) 확률적으로 건강하게 살 수 있는 평균연령은 76~78세이다. 우리나라의 평균수명은 남자 80.5세 여자 86.5세 평균 83.5세이다. OECD회원 38개국 평균수명이 80.5세라고 하는데 우리나라 평균수명은 일본(84.7세)에 이어 두 번째이다. 사람이 한평생을 잘 살고 간다는 것은 건강지수로 살다가 행복하게 고종명(考終命)하는 것이다.

우리나라는 예로부터 동방예의지국이라고 하여 어른의 나이를 돌려 말하는 아름다운 풍습이 있는데 노인의 나이를 상수(上壽:100세 이상), 중수(中壽: 70세 내외), 하수(下壽: 60세 내외)로 상중하로 나누어 말하기도 하였고 또한 쌍수가 있는 나이를 미수(美壽: 66세), 희수(喜壽: 77세), 미수(米壽: 88세), 졸수(卒壽: 90세), 백수(白壽: 99세)로 일컫는다. 100세 시대에는 수명이 긴만큼 삶의 질도 높아져야 되는데 65세가 되면 대부분이 직장에서 퇴직을 하게 된다. 퇴직하고 90세까지 산다면 4반세기 동안 어떻게 살아야 사람답게 살 수 있을지 막막할 때가 있다. 그동안 생존에 필요한 의식주와 소일할 거리를 찾아야 행복한 노후를 보낼 수 있는데 그것이 생각만큼 쉽지가 않다. 젊어서부터 노후를 위한 준비를 한 노인은 여유 있는 삶을 즐기며 살 수 있어도 우리 주변에는 그렇지 않은 노인들이 많다. 퇴직 후에 제2의 인생을 산다는 것은 그동안 어느 정원에서 잘 자라던 나무가 어느 날 때가 되어 분갈이를 당하는 것과 같이 환경이 바뀐다는 것이다.

새롭게 바뀐 환경에서 잘 적응하며 살아가기 위해서는 지난날의 생활을 깨끗이 잊고 새로운 각오로 시작해야 살아남는다. 식물을 분갈이 하면 심한 몸살을 앓는다. 옮겨 심는 과정에서 뿌리가 상할 수도 있고 뿌리에서 흡수하는 물보다 잎으로 배출되는 수분이 더 많기 때문이다. 그래서 숙련된 정원사는 분갈이를 할 식물을 우선 뿌리를 잘라내면서 반드시 가지도 함께 쳐준다. 때로는 식물자신이 가지에 달려있는 잎을 스스로 떨어뜨려서 영양의 균형을 이루기도 한다.

제2의 인생이란 분갈이와 같이 환경이 바뀌지기 때문에 옛날 직장에서 누렸던 기득권이나 잘 나갔을 때의 기억을 고스란히 품고 있으면 새로운 토양에서 견디기 어렵다. 그렇기 때문에 스스로 정리하는 과정을 밟지 않으면 살아내기 힘들다. 새로운 자리로 옮긴 사람은 옛날의 모든 기득권을 버리고 새 직장에서 받을 수 있는 스트레스를 참고 견디는 훈련을 매일 쌓아야 한다. 나이가 들면 주위를 너무 의식하지 말고 나만의 세계를 만들면서 한 발짝 한 발짝 앞으로 나가야 한다. 육체적으로나 정신적으로나 젊을 때와 같은 왕성한 활동을 할 수 없는 것이 현실이다. 우선 몸이 맘을 따라주지 못한다.

 분갈이한 식물이 넓은 정원이 아니라 제한적인 화분 속에서 살아가듯이 나이에 걸맞은 작은 행복을 꿈꿔야 별탈없이 지낼 수 있다. 내가 할 수 있는 능력 안에서 작은 일이라도 하나하나 해나가면 그것이 노년의 보람이다. 그래야 새 뿌리와 가지가 돋아나고 주위사람과 어울리며 무탈하게 살아갈 수 있다.

 행복은 목적이 아니라 과정이다. 집안에서도 마찬가지다. 가장으로 옛날에 집안에서 대우받던 일만 생각하고 손 하나 꼼짝하지 않고 앉아서 청소할 때도 거들어 주지 않고 신문이나 보고 TV를 보면서 식사 때에도 수저 하나도 챙기지 않는다면 그 스스로가 천덕꾸러기로 전락하는 거다. 노후를 편안하게 지내기 위해서는 그동안 자기 자신에게 붙어있는 자만과 오만이나 불필요한 요소들을 과감히 잘라내야 한다.

 그도 이번에 많은 것을 경험했다. 제2의 인생이랑 자신의 생활 속에서 자신이 살아가는 것이므로 남의 눈치 보지 않고 주위를 의식하지 않고 자신이 좋아하는 일을 하며 자기 자신이 자유롭고 평안하게 보람된 노후를 하루하루 보내면 되는 것이다. 혼자 살아가기 위해서는 자기 나름대로 즐겁게 살기 위한 계획을 짜서 주변사람들을 의식하지 않고 자기 자신의 변화된 생활을 스스로 추구하며 슬기롭게 자기 생활 속에서 즐겨야 한다. 우선 외로움을 이기고 견뎌야 한다. 노후를 잘 보내려면 기본적인 돈, 건강, 친구가 있어야 되는 것은 물론이고 혼자 잘 놀 줄 알면 이보다 더 든든한 노후대책은 없다. 혼자 산책하기, 영화보기, 당일치기 기차여행하기, 맛있는 식사하기 등등 생활의 다양한 즐거움을 내가 내 속에 있는 나와 함께 살아내야 한다. 즉 혼자서 여유롭게 독립된 가치를 느끼며 고독 속에서 자유를 누리게 되면 혼자서도 즐겁다. 나 자신을 가장 좋은 친구로 만들어 혼자 시간을 제대로 보낼 줄 알면 이보다 더 든든한 동반자는 없다.

  행복이란 일상 가운데 있는 것이지 거창한 욕망이나 허황된 일이 아니다. 평소와 같이 자신의 능력에 따라 생활을 조절하고 매일매일 반복되는 생활 속에서 자기 자신이 할 수 있는 일을 꼬박꼬박 하면서 때때로 취미활동도 하고 여행도 하면서 자연스럽게 이웃과 더불어 어울려 함께 살아가는 것이다. 산다는 것은 70이 되고, 80이 되어도 현역으로 사는 것이다. 그에게 고독은 가장 큰 형벌이었지만 이번의 경험을 하면서 자기 안의 자기와 살아내는 법을 알았다. 자유인이란 고독 속에서 스스로가 자유를 누릴 때 참 자유인이 된다는 사실을 경험했다.

  그는 이번 일을 계기로 자신을 노예화시키고 마비시키는 환상의 연결고리가 깨어졌을 때 비로소 대립된 강한 욕망에서 벗어나 자유와 독립을 얻을 수 있음을 실감했다. 마음을 여유롭게 갖고 자기 자신을 찾아 한 발짝 한 발짝 걷고 또 걷기로 했다.

웨딩마치

　인간은 누구나 스스로 의미를 부여한 주관적인 세계에 살고 있다. 우리는 자신의 주관에 지배받고 있기 때문에 절대로 자기 자신의 주관에서 벗어날 수가 없다. 김교수는 자신의 주관적인 생각이 60평생을 통하여 어떻게 통용되어 왔는지 스스로 진단해본다. 그러나 사람은 때때로 변할 수 있다. 그렇지만 그 구각의 탈을 벗어던지기가 쉽지는 않다. 그는 현재 그 자신이 외롭고 고독한 것은 현재 자신이 처한 환경 탓도 능력이 부족해서도 아니고 너무나 남의 시선을 지나치게 의식하면서 살아왔다는 사실 앞에 섰다. 그는 지금부터는 자기 자신이 행복해지기 위해서는 그 어떤 것에도 두려워하지 않고 다른 사람을 의식하지 말고 오직 자신을 위해서 당당하고 자신 있게 삶의 이중성에서 벗어나 독립적이고 자유롭게 자신의 생활을 즐기면서 살아내기로 다짐한다. 사실 인생이란 누군가가 정해주는 것이 아니라 스스로 선택하는 것임을 알면서도 과감하게 떨치고 일어나지 못한 것은 아내가 이 땅을 떠난 지 5년 동안 너무나 주위를 의식해서 외롭다는 사실을 감춘 채 초연한 척 살고 있는 위선자의 행위가 드러나는 것이 두려웠기 때문이다. 그러나 이제부터는 남의 이목에 신경 쓰느라 자신의 행복을 놓치는 실수를 범하지는 않을 것이다.

아침을 먹고 나니 제법 큰 송이의 눈이 내렸다. 내리며 녹는 바람에 쌓이진 않았지만 눈 내린 길을 그는 걷고 싶었다.

김교수는 겨울 내내 집콕만 하고 지냈더니 어딘가 한 바퀴 돌아보고 싶었다. 여행이라도 떠나고 싶었지만 코로나19 확진자 수가 나날이 확산되고 악화되는 상황 속에서 마음대로 여행하기도 어렵다.

언제쯤 끝날지도 모르는 불안 속에서 미래에 대한 어떤 정보도 없다. 오늘날 우리는 확실히 죽음과 함께 살아가고 있다는 현실 앞에 의지도 능력도 없는 절망 속에 놓여 있다.

김교수는 가끔 시내에 나가기 위해 전철을 타면 전과는 완전히 다르다는 분위기를 느낀다. 특히 고령자 중심으로 볼 때 10% 안팎에 이르는 치사율을 등에 업고 살아가는 노인들은 아예 집밖으로 나올 엄두도 내지 못하고 있다. 요즈음 사회 풍속도가 완전히 바뀌었다. 거리 곳곳에는 침묵이 감도는 가운데 누구 하나 빠짐없이 마스크를 쓰고 있다. 노인은 아예 보이지 않고 노인석은 텅 비어있다. 밖에는 아직도 눈이 간간이 내리고 있다. 눈 내린 길을 걷다보면 탁해졌던 마음도 눈으로 정화되어 순수를 되찾을 거 같다는 생각이 불현듯 든다. 그래. 가보자. 그는 아내가 잠든 마석의 공원을 찾아 발길을 옮긴다. 김소월의 「산새도 오리나무 위에서 운다」가 떠오르자 가슴이 메인다. '불귀 불귀 다시 불귀 모란공원에 다시 불귀 사나이 속이라 잊으련만 삽십오년 정분을 못 잊겠다.' 그의 눈에는 하염없는 눈물이 볼을 타고 흘러내린다.

   김교수는 오랜만에 아내가 잠들어있는 곳을 찾았다. 이곳에는 하얀 백자항아리 유골함 세 개가 놓여있다. 하나는 6년 전에 위암으로 돌아가신 아버지가 계시고 두 번째는 폐렴으로 떠난 아내가 잠들어 있고 그 다음엔 오래전에 대학교 때 교통사고로 숨진 아들이 함께 자리하고 있다. 아버지가 평소에 좋아하시던 해바라기꽃, 아들이 좋아하던 장미꽃, 그리고 아내가 좋아하던 국화꽃을 샀다. 자식은 가슴에 묻는다고 했는데 아들에 대한 생각이 새록새록 난다. 아들이 대학교에 다닐 때에는 김교수의 가정은 행복하고 주위에서 부러움을 사는 단란한 가정이었다.

   김교수 내외와 아들과 딸 네 식구가 오순도순 살아가는 가정이었다. 김교수는 명망 높은 대학교수요, 부인은 집에서 가정살림을 알뜰히 꾸려가는 현모양처로 베란다에는 사시사철 화분에서 꽃이 피고 집안에서는 항상 잔잔한 클래식이 울려 퍼지는 분위기가 흐르는 가정이었다. 그의 아들은 아내를 닮아 키가 크고 잘생기고 딸은 예쁘장하고 보통 키다. 아들은 H대학 영문과 3학년에 재학 중이고 딸은 S여대 1학년에 다니고 있었다. 그해 여름방학이 끝나고 그의 아들 철이는 친구들과 어울려 밤늦게까지 술을 마시고 곤드레만드레가 되어 집에 돌아와 늦잠을 잤었다. 다음날 아침 수업시간이 늦었다고 아침도 먹지 않고 정신없이 뛰어가다 학교 앞 삼거리에서 마주오던 트럭에 치어 병원에 실려간 후 영영 오지 못할 길을 떠나고 말았다. 그날 점심때쯤 아들의 친구로부터 "철이가 119에 실려 갔는데 어머님, 빨리 K병원 응급실로 오세요. 빨리요." 하는 다급한 전화를 받고 김교수의 아내는 허겁지겁 정신없이 병원을 찾았다. 아들은 의식이 없었다. '어떻게 철이에게 이런 일이….' 그녀는 그냥 넋을 잃고 말았다.

  식구가 모두 달려와 병원 중환자실 밖에서 뜬눈으로 지샜다. 그러나 아들은 끝내 깨어나지 못하고 저 세상으로 떠나갔다. 아들을 잃어버린 김교수의 아내는 온 세상이 무너지는 것 같았다. 그것은 말로 표현할 수 없는 아픔이다. 자식은 부모의 분신이다. 그녀에게 아들 없는 이 세상은 빛이 없는 깜깜한 지옥이다. 살아가야 하는 희망의 끈을 잃어버린 세상이다. 그녀의 아픔은 등뼈가 갈라지고 온몸의 살이 갈기갈기 찢겨지는 것 같은 고통이었다. 절망에 빠져 삶의 의욕을 잃고 울다울다 지쳐서 잠속으로 들어가는 찰나 남편인 김교수는 그녀 앞에 서 있었다. 함께 목을 놓고 울고 싶었지만 그럴 수가 없었다. 김교수의 아내는 아들 장례식 때 밥 한술 뜨지 않고 물 한 모금 제대로 마시지 않았다. 그날 밤 아내가 쓰러져 있는 가족실에서 김교수는 아들의 영정사진을 꼬옥 껴안고 울고 있었다. 그의 눈은 벌겋게 충혈 되어 있었다. 가만히 남편 곁으로 다가간 그의 부인은 남편의 등에 얼굴을 묻었다. 평소에 기대보지 않던 남편의 등은 의외로 포근하고 따뜻했다. 그는 돌아서서 그의 아내를 살며시 안아주었다. 그리고 눈물을 삼키며 그렁거리는 목소리로 말을 했다.

"여보, 미안해! 미안해! 정말 미안해! 그동안 내가 가족들을 좀 더 따뜻하게 보살폈어야 했는데 내가 너무 무심했던 것 같아서 너무 미안해."

그는 아내를 부둥켜안고 목 놓아 울기 시작했다. 남편의 이런 모습은 생전 처음이었다. 그의 말이 그녀의 가슴을 더욱 심하게 때렸다. 그동안 무관심하고 무심한 것 같았던 남편의 사랑이 이토록 크고 깊은 줄을 이제야 알았다. 나이가 들고 아들까지 떠난 벌판에 남편이 가장 귀중하고 소중한 존재라는 것을 알고 그녀는 고맙고 감사한 마음에 눈물이 솟구쳐 올라 그칠 줄을 몰랐다. 그녀는 아들을 장례지내고 나서 서서히 기운을 차린 뒤 아들에게 쏟던 애정을 딸에게 쏟으며 점점 일상을 회복하며 딸과 친밀히 지내고 있어서 보기에도 좋았었다. 딸은 대학졸업 후 아들의 친구와 연애를 하더니 결혼을 하고 얼마 후 남편이 외국으로 발령을 받아 함께 미국으로 떠나서 그곳에서 외손자, 외손녀를 낳고 살고 있다.

그는 다른 때와 다르게 자신의 떨려오는 가슴을 진정하느라 한참 동안 묘지입구의 꽃집에서 꽃을 사고도 꼼짝 않고 서 있었다.

김교수는 결혼생활 동안 호강 한 번도 제대로 못하고 한줌의 재로 변하여 이곳에 고이 잠들고 있는 아내 앞에 섰다.

그는 아내가 좋아하는 국화꽃을 한아름 그녀 앞에 꽂아놓고 따뜻한 커피 한 잔을 올렸다. 눈물이 하염없이 쏟아지는데 그칠 줄을 모른다.

'편히 쉬고 있어요. 또 올게.'

그녀에게 하직인사를 하고 돌아서는 순간 다리가 후들거리고 몸이 그만 휘청한다. 식탁에 앉아도 바로 그의 옆에 아내가 앉을 듯 기다려지고 잠자리에 들 때도 한쪽 팔이 없는 듯 허전하다.

어느 날은 그녀가 곧 돌아올 것 같은 환상에 시시때때로 눈시울이 붉어진다.

김교수는 아내가 떠났을 때도 얼마간은 외롭고 쓸쓸했지만 요즈음 같이 이렇게 애틋하지는 않았는데 진여사를 만나고 나서는 아내 생각이 더욱 새록새록하다.
"외로워하지 말고 편안하게 잘 있어요."
그는 인사하며 아내가 잠든 곳을 내려왔다.

어느덧 벌써 봄이다. 봄기운이 완연하게 내려앉은 산책로에는 갖가지 꽃들이 피어있다. 거리는 온통 노오란 개나리가 활짝 피어 환한 웃음을 웃고 산에는 벌써 진달래가 꽃망울을 터트리며 봄을 노래하고 있다.
걸음을 옮기는 거리거리에는 여기저기 작은 꽃들이 피어나고 버드나무는 연초록 잎사귀가 바람에 하늘거리는데 어디서 날아왔는지 노랑나비 한 마리가 머리 위를 맴돈다. 봄은 녹슨 심장도 피가 용솟음치게 한다는 말이 맞는 것 같다. 김교수는 이 찬란한 봄날 대자연과 호흡하니 살아있음이 즐거웠다. 아아, 상쾌하다. 어쩜 이렇게도 상쾌할까. 밤사이에 한층 더 자란 연녹색 잎이 해맑은 아침 기운을 토하니 그 파란 잎과 그 파란 풀들이 물에 젖은 은빛 햇볕에 아름다운 음악을 연주한다. 아아, 그는 가슴속 핏속까지 생기로 가득 차는 것을 느낀다. 그는 요즈음은 살맛이 난다. 자신의 마음을 바꾸니 모든 일이 편안하고 즐겁다. 욕심 때문에 몇 개월간 심한 고통을 받았지만 이제는 다행히도 마음이 고요하게 가라앉으니 기분이 좋다. 내일은 어머니를 찾아 뵈야지…. 봄이 오니 불현듯 어머니가 보고 싶었다.

어머니! 인간에 대한 따뜻한 애정을 배울 수 있는 살아있는 책 나의 어머니! 군더더기가 하나도 없는 어머니의 모습은 사랑 그 자체다. '나의 어머니 사랑합니다' 그는 항상 어머니의 깊고 높고 넓은 사랑을 가슴 깊이 간직하고 있다. 어머니가 나의 어머니인 것은 내가 타고난 영광이요, 축복이다. 나의 간절한 바람은 내가 이 땅에 다시 태어난다면 어머니 아들로 다시 태어나는 것이다.

김교수는 평택에 가서 어머니를 찾아뵙기로 마음먹었다. 평택으로 이사하시고 나서는 일 년에 5~6번씩 찾아뵈었는데 이번에는 코로나 핑계로 거의 1년 반 만이다. 어머니는 벌써 80대 후반이다. 6년 전 아버지가 돌아가시자 아버지와 사시던 전농동의 S아파트를 처분하고 여동생이 살고 있는 평택의 S아파트 옆으로 이사를 하였다.

김교수는 다달이 100만원씩 어머니께 생활비를 보내드리고 있다. 김교수는 어머니를 알뜰히 살펴드리지 못하지만 그의 여동생은 어머니께 지극정성이다. 고맙다. 오늘은 어머니께 용돈을 드리려고 은행에 가서 5만 원 권을 찾아서 새 돈으로 10장 넣었다. 좋아하실 어머니 얼굴이 환하게 떠오르니 기분이 좋다.

전철로 평택역에 도착하니 여동생이 마중 나와 있다. 마스크로 얼굴을 가렸지만 여전히 단아한 모습이다.

분홍색 무늬가 있는 원피스를 입은 어머니가 얼마나 반가워

하시는지 두 손을 꼭 잡으시고 놓지를 못하신다. 그는 자신도 모르게 눈물이 왈칵 쏟아지는 것을 억제할 수가 없었다.

"어머니가 이렇게 건강하시니 정말 좋아요. 동생, 너 여러 가지로 고맙다."

여동생은 오빠가 온다고 진수성찬을 준비했다. 불고기와 잡채, 생선, 나물 등 상다리가 부서질 정도로 음식을 많이 차렸다. 모든 음식이 맛있다. 옛날 어머니가 해주시던 손맛이다. 여동생은 어머니의 음식솜씨를 빼닮은 것 같다. 김교수는 오랜만에 입에 맞는 집밥을 먹으니 감개가 무량하다. 코끝이 찡하다.

상을 물리고 커피를 마시며 김교수는 동생에게 치하를 했다.

"그래 이게 바로 사람 사는 맛이구나. 너희 집에 오니 사람 냄새가 나서 좋다. 너 오늘 정말 수고했다. 그리고 여러 가지로 고맙다."

"오빠 전 별로 한 것이 없어요. 오늘 엄마 모시고 우리 셋이서 함께 같이 식사하니 옛날 생각이 나네요. 오빠 별 일 없으시죠? 식사도 잘 챙겨드시구요? 암튼 식사는 잘 챙겨 드셔야 돼요. 나이를 먹으면 밥심으로 산다고 하잖아요."

"그래, 나는 잘 지낸다. 어머니가 건강하신걸 보니 네가 옆에서 어머니를 잘 돌봐드려서 고맙구나."

"어머니 건강하게 오래오래 사세요. 여기 용돈 좀 넣었어요. 이거 갖고 계시면서 먹고 싶은 거 사 잡수세요."

"네가 매달 보내주는 돈이 아직 많이 남아있는데 뭐하려고 또 돈을 가지고 와. 너도 돈 쓸데가 많을 텐데."

"……."

"그래 잘 쓰마. 하여튼 고맙다. 너 얼마나 힘드냐? 남자가 60이 넘어서 혼자 산다는 게 그게 어디 쉬운 일이냐? 아직도 좋은 여자가 없는 거여? 이제 생각을 바꿔. 여자는 혼자 살 수 있지만 남자는 어려운 거여. 알아서 하겠지만 더 늦기 전에 짝을 만나면 좋겠구나. 더는 잔소리 안할게."

어쨌든 부모자식이라는 게 부모는 80이 넘어도 환갑 먹은 자식 걱정한다는 말이 맞는 거 같다. 어머니는 생명의 원천이며 그 무한한 사랑은 바다보다 깊고 하늘보다 높다.

"어머니 건강하게 안녕히 계세요. 저 이제 올라가 볼게요."

"그래. 몸조심하고 잘 올라가라."

그는 어머니를 뒤로하고 서울로 향했다.

김교수가 집에 도착하니 편지꽂이에 청첩장이 와서 기다리고 있었다. 박철수와 진여사의 청첩장이었다.

그는 청첩장을 집어 들고 과연 진여사와 박철수가 좋은 가정을 꾸릴 수 있을까 생각해 본다. 결혼이란 무엇인가? 누구나 결혼을 하는 이유와 목적은 행복하기 위해서다. 그들이 결혼하면 정말 오랫동안 행복하게 살 수 있을까…. 그들이 서로가 얼마나 사랑하는지 알 수 없지만 각자의 살아온 환경을 여러 가지로 비교해보면 아름다운 그림이 그려지지 않는다. 그는 이성 간의 사랑이 가장 귀한 것이기는 하지만 인생의 전부라고는 생각지 않는다. '이번에 박철수와 진순영은 재혼인데 그들은 과연 결혼을 어떻게 생각할까…. 요즈음 결혼은 시쳇말로 비즈니스라고들 하는데 서로가 머리 굴리기 바빴을 것이다. 결혼생활도 비즈니스로 보면 서로에 대한 분석과 전략에 땀이 났을 것이다. 결혼의 기본은 사랑과 정이 우선이지만 박철수는 비즈니스맨 진여사는 직장상사로 대우하며 살겠다고 했을지도 모른다. 비즈니스맨은 누구나 가슴에 사직서를 품고 산다. 그러나 상사의 이유 없는 짜증에 더럽고 치사하더라도 선뜻 사직서를 내놓지 않는다. 결혼생활도 이곳이 회사다, 저 사람은 내 직장 상사다 생각하면서 이익을 위해 끝까지 버티며 견딜 수가 있다고 생각하며 결혼생활을 시작하는지도 모른다. 그런 생각으로 하는 결혼이라면 과연 박수를 보낼 수 있을까.'

　행복한 결혼은 서로가 존중하고 자유와 평안을 보장하고 사생활을 지나치게 간섭하지 않고 이해하며 용서하고 고독한 시간도 때때로 필요한데 잘해낼 수 있을까? 결혼이 사랑을 필요로 하는 것처럼 사랑도 결혼이 필요하다. 그래서 결혼은 어쩜 두 사람이 하나의 악기로 하모니를 제대로 이루어 내야 된다고 본다. 사랑한다는 것은 때때로 이해하는 것이며 외로운 것이다. 우리의 삶이란 사랑뿐 아니라 인내하고 용서하는 날들이 많을 수도 있다. 그렇기 때문에 사랑은 오래참고 온유하며 성내지 않고 한 몸을 하나 되게 하기 위해 서로를 존중하고 용납하고 용서하는 일을 반복하며 살아가야 하는지도 모른다.

그래서 결혼식은 복된 날인 동시에 가장 크고 위대한 모험을 향하여 출발하는 출발점이라고도 한다. 그들은 정말 결혼하는 것을 후회하지 않을 자신이 있을까…. 그래 이왕에 하는 결혼이니 잘 살길 바란다.

김교수는 청첩장을 받아보는 순간 진여사한테 전화라도 해볼까 생각하다가 마음을 접었다. 그는 잠시 생각 속으로 빠져든다.

그는 1981년 11월 28일 오후 2시 종로5가 이화예식장에서 아내와의 결혼식을 생각한다.

    신랑: 김태호 군
    신부: 최정자 양
    주례: 김교수의 은사이신 ○○○ K대학교 대학원장님
    사회: 대학교동창생 이창선

그날은 11월 마지막 주말이자 토요일이었다. 날씨는 따뜻하고 가을하늘은 구름 한 점 없이 맑고 파랬었다. 요즈음은 예식장을 화려하게 장식하여 결혼식 분위기를 한층 고조시키는데 그때는 식장 안은 비교적 고풍스러웠고 축하 화환이 식장을 가득 채우고도 식장문밖까지 즐비했었다. 그날 하객은 거의 500명이 되는 것 같았다. 중학교, 고등학교, 대학교 동창생들로 인산인해를 이루었고 아버지의 친구분들과 친척들이 자리를 차지했었다. 신부 쪽에서는 100명 정도였다. 은은한 선율이 울려퍼지는 가운데 사회자의 구령에 따라 신랑이 먼저 입장을 하고 신부를 맞이할 자세로 서 있으면 신부는 신부아버지의 손을 잡고 화동들이 뿌려주는 꽃길을 따라 결혼행진곡에 맞추어 식장으로 들어와 신부아버지가 신부를 신랑에게 인도한다. 그날 신부의 모습은 늘씬한 키에 가냘퍼 보이는 허리 그리고 다소곳이 숙인 얼굴. 예뻤지만 어딘지 안쓰럽다는 생각이 먼저 들었다. 아마도 결혼식 준비를 하느라고 스트레스를 많이 받은 것 같았었다.

요즈음은 주례사가 짧거나 혹은 덕담정도인데 그 당시 주례사는 보통 1시간 정도로 긴 것이 추세였었다. 부모님 공경하고 형제간에 우애하고 현모양처로서 할 일을 조목조목 일러주셨으며 모든 일은 시댁위주로 잘하라는 당부의 말씀도 잊지 않으셨었다. 격세지감이 든다. 신부는 꼼짝 않고 꼿꼿이 서서 한 시간 이상 주례사를 듣고 한객들에게 하나하나 인사를 하고 피로연까지 끝나고 나니 거의 파김치가 되어 있었다.

신혼여행은 요즘처럼 외국으로 떠나는 것은 꿈도 못 꾸고 온

양온천이나 경주로 갔었는데 그때 아버지께서 기차표도 왕복 특등 열차에 자리를 마련해 주셨고 여행지도 경주보문단지에 있는 관광호텔로 예약해 주셔서 지금까지도 어찌나 감사한지 아버지의 깊은 정을 잊을 수가 없다. 결혼식을 치르느라고 피곤했지만 신혼 첫날밤은 너무나 아름답고 편안한 밤이었다. 다음날은 충분히 휴식을 취하고 그 다음날 경주 일대를 하나하나 찬찬히 둘러봤다. 그녀는 사학과 출신답게 역사적인 안목이 나름대로 높았었다.

월요일은 경주박물관이 휴관일이었지만 불국사 일원과 김유신 장군묘 황남동에 자리한 대릉원까지 차근차근 관람하니 다리도 아프고 지쳤다. 일찌감치 저녁을 먹으며 결혼식장에서 있었던 이야기를 나누며 부모님께 드릴 선물은 신라왕관으로 정하고 처가댁은 경주명물 황남빵으로 정했었다.

신혼여행 3박 4일은 자유롭게 힐링하며 여유롭고 편안한 휴식을 취하며 행복한 시간을 유감없이 보냈었다. 정말 뜻깊은 신혼여행이었다.

그 후 신혼생활이 시작됐을 때도 아내는 흐트러짐이 없는 철저한 생활습관을 유지하고 이어갔다. 매일 도시락은 영양식으로 꼬박꼬박 싸주었고 출근할 때는 하이얀 와이셔츠에 풀을 먹여 언제나 칼라를 빳빳하게 다림질하여 입을 수 있도록 배려를 해주었다. 김교수는 자신의 생애에서 제일 보람된 일이 아내를 만난 일이었고 가치가 있고 행복한 일이었다고 생각했다. 이 모든 것이 엊그제 같은데 이제 아내는 보이지 않는다. 찾아도 찾을 길이 없다. 그는 먼 산을 바라보며 쓸쓸한 미소를 지었다.

'사람이 나이를 먹으면 젊었을 때의 초조와 번뇌를 해탈하고 마음이 차분해진다고 했는데 왜 나는 60이 넘어 칠순을 바라보는 나이인데도 여전히 변한 게 없지? 사람이란 인간 욕망의 병리적 현상을 어찌지 못하는 것이 아닌가…. 그렇다면 인간의 본성은 배우고 수양한다고 바뀌는 것이 아니고 그 타고난 성격은 죽을 때까지 그대로 밑바탕에 깔려 있는 게 아닐까?'

사람은 태어날 때부터 1억대 1이란 경쟁률을 뚫고 새 생명으로 태어나서 그런지 그 본성은 욕심을 잉태하고 있는 병적인 속성이다. 욕심이 병적인 욕망인 것을 알면서도 그 원인을 스스로 제어하지 못하고 혹 자신의 동료들이 큰 노력 없이 갑자기 잘되면 그 꼴을 못 본다. 더군다나 그가 경쟁 상대였다면 그 질투와 분노는 상상을 초월한다.

'박철수가 진여사와 결혼식을 한다는 날이 다음달 15일 토요일 오후 3시라고…. 암튼 박철수는 노년에 복이 터졌구만. 그래 좋겠구나. 박철수가 그동안 진여사를 어떻게 했기에 결혼까지 골인한 거야! 결혼은 두 사람이 어느 정도 공통분모가 있어야 하는데…. 아카페적인 사랑은 아닌 거 같고, 그럼 에로스적인 사랑. 지난번 이것들이 미국에 가서 100일 이상을 함께 지내더니 그때 사랑놀음을 한 것인가? 그렇다면 진여사도 할 수 없는 속물인가. 아님 내가 알지 못하는 두 사람만이 간직하고 있는 상대방 자체를 흠모하고 좋아하는 최선의 품성상태가 있는 건가. 도통 알 수가 없지만 도대체 필리아적 사랑은 아닌 거 같다. 어쨌든 박철수는 재주꾼이여. 사랑은 대단한 욕망이고, 욕망은 결핍이 아니라 능력이니까 자신의 욕망을 타인의 애정으로 충족시키고자 피나는 열정을 기울인다면 가능할 수도 있다. 어쨌든 대단한 재주꾼이야! 정말 재주꾼이야!'

그는 몇 번이고 혼자 중얼거렸다.

5월 15일 토요일 오후다.

김교수는 이제는 진여사에 대한 미련도 주식에 대한 욕심도 다 끝났다고 생각하고 과거의 인연을 소홀히 않기로 자신의 마음을 스스로 다독이며 관용적인 맘으로 두 사람에 대한 결혼식을 축하해주고 싶었다. 일찌감치 점심을 간단히 먹고 미용실에 들러 머리를 다듬으니 한결 산뜻하고 젊어보였다. 신사복을 제대로 갖춰 입고 결혼식장에 도착했다. 방명록에 사인을 하고 이곳저곳 둘러봤지만 아는 얼굴이 별로 없다. 예식장은 온통 순백색의 장미꽃으로 아름답게 치장을 했는데 은백색의 찬란한 빛이 은은하면서도 화려하다.

식장 안은 흰색의 고결함과 그윽한 장미꽃 향기로 한층 더

품격이 돋보인다.

  김교수는 결혼식장을 많이 다녀봤지만 이렇게 하얀 장미꽃의 찬란한 아름다움이 절정에 이르는 곳은 처음 보는 것 같았다.

  예식장에는 코로나 방역 수칙에 따라 한 테이블에 4명씩 자리가 배치되어 있었다. 김교수는 앞에서 세 번째 줄 테이블에 자리를 잡았다.

  "딴딴다따다다다딴따다단" 결혼행진곡이 울리자 붉은 카펫을 밟으며 신부와 신랑이 손을 맞잡고 들어온다. 신부는 장미꽃 화관을 쓰고 눈부신 백색 드레스를 입고 들어오는데 그 우아하고 아름다움이 마치 하늘의 선녀 같았다.

  김교수는 순간 윌리엄 셰익스피어의 『한여름 밤의 꿈』을 연상하며 씁쓸한 웃음을 지었다. 두 남자가 한 여자를 좋아하는 삼각관계에서 한바탕 소동이 일어나고 마법이 풀려 다시 사랑의 화살들이 해피엔딩으로 제자리를 찾고 세 쌍의 결혼으로 행복하게 끝나는 것이 『한여름 밤의 꿈』이지만 오늘 이 결혼식은 진여사와 박철수가 결혼식을 올리고 그 자신만이 소외되는 쓸쓸한 결혼식이다. 그가 오늘 진여사를 잃었다는 것은 어쩜 자기 자신을 잃은 것이라고 생각하지만 한편으로는 진여사를 웃는 낯으로 만날 수 있다는 생각을 가지고 이 자리에 왔다. 그는 그동안 모든 폭풍우에도 용감히 견디며 그녀와 행복을 꿈꿔왔는데 그 욕망이 희망으로부터 이제 분리됐다고 생각하니 한없이 쓸쓸했다.

박철수는 여전히 싱글벙글 입이 귀에 걸렸다. 신랑 신부 입장이 끝나고 예식이 시작되었다. 김교수의 바로 옆 테이블에 앉아 있는 중년남성이 함께 자리를 잡고 있는 지인인 듯한 남성에게 하는 말이 그의 귀를 스친다.

"저 박철수 말이야! 이번에 진여사랑 결혼하는 것은 대박을 터트려서래. 이번 주식투자가 로또 당첨과 같은 행운이라던데 자네도 들었지? 참 운도 좋지. 나도 그런 대박 한 번 터트려 보면 원이 없겠어."

김교수는 귀가 번쩍 했다. 그 이야기를 듣는 순간 사지가 부들부들 떨리고 화가 치민다. '아니 정말 친구라고 그렇게 믿고 큰돈을 맡겼는데 어떻게 감쪽같이 사기를 쳐' 하는 생각이 들자 그는 배신을 당했다는 배신감에 신경질이 나고 분통이 터지는데 순간 망치로 뒤통수를 강하게 얻어맞는 느낌이었다. '나는 진심으로 자기들의 결혼식을 축하해주기 위해서 이렇게 결혼식장까지 참석했는데….' 그는 결국 박철수로부터 배신을 당했다는 사실을 알게 되었다. 그는 그동안 참아왔던 욕망이 마침내 좌절에 대한 분노로 바뀌었다. 그는 먹구름이 몰려들 듯 일어나는 신경질적인 짜증과 타오르기 시작하는 분노를 억누를 수가 없다. 생각 같아서는 큰소리로 '야이! 사기꾼놈! 박철수 네놈이 사람이냐!' 하고 크게 소리치고 싶었지만 이빨을 지그시 물고 참고 있으려니 분통이 머리끝까지 치민다. 그는 짜증스럽고 현기증이 심하게 나서 그 자리에 그냥 주저앉아 있다가 겨우 가까스로 정신을 차리고 두리번두리번 C중학교 동창생들이 왔나 하고 한 번 더 식장을 둘러봤지만 눈에 띄지 않았다.

김교수는 방금 옆 테이블에 앉아있었던 그 사람들한테 예식이 끝나면 자세히 알아보려고 했지만 그 사람들은 어디로 갔는지 벌써 그 자리에 없었다.

예식이 끝나고 하객들이 모두들 신랑신부에게 인사를 하는데 그는 그냥 발길을 돌리려 하다가 마지못해 그도 진여사에게 "축하합니다." 한마디 하고 정신없이 나와 버렸다. 김교수의 뇌리에는 오직 박철수에게 배신을 당했다는 생각으로 분노가 치밀어 견딜 수가 없다.

'그럼 박철수가 내 돈을 가지고 얼마를 벌었다는 거여. 순전히 내 돈 가지고 대박을 내서 진여사와 결혼까지….'

여기까지 생각이 미치자 그는 피가 거꾸로 솟았다. 그럼 2배를 벌었다면 10억이 넘는 거 아녀. 그런데 나한테는 수익금이라고 겨우 10%만 주다니. 저는 알돈을 몽땅 챙기고 나에겐 겨우 노린 동전만 준거야…. 이 도둑놈아! 네가 그러고도 친구야. 네가 그러고도 잘살 줄 알아. 이 못된 놈! 그는 그렇다고 지금 당장 박철수에게 덤벼들어서 멱살잡이를 할 수도 없었다. 그럴 때 박철수가 시치미를 딱 잡아떼면 그만 아닌가. 그렇다고 어떤 증거가 있는 것도 아니지 않는가. 그는 분통이 터졌다. 그는 심장이 뛰고 다리가 후들거려서 도저히 서 있을 수가 없었다. 머릿속이 하얗고 눈앞이 캄캄하다. 아무리 생각해도 신경질이 나고 분노가 치밀어 참을 수가 없다. 이제는 모든 것이 다 끝나고 태풍이 다 지나간 줄 알았는데 다시 먹구름이 몰려들고 태풍이 불어 닥칠 것 같다. 욕망이란 인간의 병적인 현상인 것을 뛰어넘을 수 없는 숙명인가 보다.

그는 무조건 걷기 시작했다. 등에서는 땀이 비 오듯 하고 얼굴과 목덜미는 흐르는 땀으로 끈끈하다. 그래도 그는 아랑곳하지 않고 걷고 또 걸었다. 오월의 햇볕은 오늘따라 한여름같이 내리쬔다. 한참 걸었더니 동호대교다. 어떻게 왔는지 벌써 집이다. 아마도 두 시간은 걸어온 것 같다. 김교수는 집으로 돌아와 옷도 벗지 않은 채 한 손에는 물병을 또 한 손에는 소주병을 입안에 꽂은 채 그대로 꿀꺽꿀꺽 들이켰다.

그는 가쁜 숨을 몰아쉬면서 금방 어떤 무서운 일을 저지르고 말 사람처럼 미간을 심하게 찡그리며 인상을 썼다.

"너 이놈! 이 쥐새끼 같은 놈! 네가 정말 친구냐!"

그는 아무도 없는 집에서 허공을 향해 고함을 질렀다. 그의 치솟는 분노는 마치 늦은 장마에 집중적으로 쫙쫙 퍼붓는 폭우와 같았다. 그는 미친 듯이 더 크게 고함을 지르며 분통을 터트렸다.

"야! 네가 어떻게 그럴 수가! 이 나쁜 놈!"

책 끝에

금세기에 경험하지 못했던 코로나로 인한 어수선한 사회적 분위기와 심장마비로 죽음에서 박동기를 달고 1년 이상을 방콕해야 하는 시간 속에서 다시 살아났다. 지난 희수(77세)에는 나에 대한 고백적인 수필을 한데모아 수필집을 내놓았다. 이제 살아났으니 무언가 열심히 해야 할 일이 남아있는 것 같아 80이 넘어 소설이란 장르에 도전한다. 소망이 욕심이 되지 않도록 경계하며 그동안 자신을 성찰할 수 있는 시간을 얻었음에 감사한다. 집필 1년을 예상했던 글을 반 년 만에 완성했다.

읽는 이의 눈길이 책 중간쯤에서 멈추지 않기를 빌어본다.

이번에 이 글을 쓰게끔 진지하게 권유해주신 친구 김열자 박사와 소소리 우희정 대표에게 고마움을 드린다.

2022. 여름
저자 **홍사임**